이별에
관한

인터뷰

이별에 관한 인터뷰

발행일   2023년 7월 5일

지은이   이진솔
펴낸이   손형국
펴낸곳   (주)북랩
편집인   선일영   편집   정두철, 배진용, 윤용민, 김부경, 김다빈
디자인   이현수, 김민하, 김영주, 안유경, 신혜림   제작   박기성, 변성주, 구성우, 배상진
마케팅   김회란, 박진관
출판등록 2004. 12. 1(제2012-000051호)
주소   서울특별시 금천구 가산디지털 1로 168, 우림라이온스밸리 B동 B113~114호, C동 B101호
홈페이지   www.book.co.kr
전화번호   (02)2026-5777   팩스   (02)3159-9637

ISBN   979-11-6836-969-6   03810 (종이책)   979-11-6836-970-2   05810 (전자책)

◇이별에 관한 관한 인터뷰

차례

가을은
겨울을 준비하는
계절이 아니라

가을은 겨울을 준비하는 계절이 아닌, 가을 그 자체로서 온전한 계절이다.

　고등학생일 적 신춘문예에 출품한 치기 어린 시의 한 구절이다. 내게 승수는 그런 사람이었다. 흩날려 지나쳐 가는 사람이 아닌, 마지막으로 내가 나답게 살 수 있도록 한 존재. 그는 겨울보다 고운 옷을 입고서 내게 다가왔다.

　승수는 내가 누운 병원의 의사였다. 눈을 뜬 지 얼마 되지 않은 오전마다 그를 만났다. 그는 이 병실에서 저 병실을 오가며 환자들의 일상을 살폈다. 어제는 옆 병실 할머니의 떠나려던 숨을 잡아끌고 와, 다시 그의 가족에게로 돌려보냈다. 오늘은 가을볕이 따스하다며, 웃으면서 병실 안 가족들의 고난에 무운을 빌었다. 그런 승수의 마음이 좋았다.

이곳에 온 첫날을 기억한다. 암이었다. 췌장이 아팠다. 이곳에서 처음 마주한 의사는 내게 췌장암은 일상으로 되돌아오기 어려운 질병이라고 했다. 그는 건조하게 나의 상태를 늘어놓았다. 어디까지 암세포가 전이되었니, 그래서 내게 시간이 얼마나 남았니.

아직 써야 할 글이 많았다. 써야 할 시가 남았다. 매일 가슴을 두드리며 탄생을 갈망하던 이야기가 남아 있다. 무한한 단어와 문장을 누군가에게 건네려 매일 애썼다. 그렇지만 내게 남은 시간은 짧았다.

첫 시집을 낸 나이를 되감는다. 대학 4학년이었다.

한진영이라고, 좋아하던 후배가 있었다. 진영에게 축하받기를 원하며 시집을 직접 건넸다. 어쩌면 내가 쓴 시들의 탄생은 그 아이 덕분이기도 했으니깐. 진영은 축하하며 나의 사인이 담긴 시집을 받았다. 그게 다였다. 이후로 더는 그 아이를 볼 수 없었다. 진영은 그해 겨울에 죽었으니깐.

처음이었다. 누군가 내 삶에서 통째로 사라져버린 첫 경험이었다. 많이도 흐느꼈다. 영화에 등장하는 누군가처럼 시선 개의치 않고 눈물을 흘렸다. 하지만 나의 삶은 영화가 아니었기에, 스크린을 벗어나서도 끝나지 않았다.

이후로 몇 년이 지났다. 흔히들 말하는 것처럼, 진영에 관한 기억과 마음은 희미해졌어도 사라지지 않았다. 나는 여전히 진영을 간직했다. 여전히 진영을 좋아했다.

처음 의사의 말을 들었을 때 안도하기도 했다. 진영을 다시 만날 수 있겠다고 생각했으니깐. 하지만 보편적인 시한부 환자가 그렇듯, 경험하지 못한 죽음의 불안이 이윽고 나를 뒤덮었다. 진영을 향한 그리움은 실제로 들이닥친 죽음 앞에서 무용했다.

곧장 입원했다. 수술을 마치고 항암치료를 받았다. 의사의 예상을 비껴가며 상태는 호전되었다. 하지만 여전히 아팠다.

그런 날을 세지 못할 때까지 온몸으로 받아내디 승수를 알게 되었다. 승수는 병실의 삭막한 기운을 온몸으로 거부하는 것만 같았다. 승수의 기운은 병실의 사람들에게 희망을 주었다. 환자에게는 일상으로 돌아갈 수 있다는 희망을, 그들의 가족에게는 병마로부터 가족을 돌려받을 수 있을 것이라는 희망을. 나 또한 그들과 다르지 않았다. 승수는 내게 볕을 주었다.

언젠가 승수를 보며 진영이 생각났다. 다시 나의 시를 주고픈 사람이 눈앞에 있었다. 승수에게 내게 남은 시를 주기로 했다. 마지막 시를 주기로 했다. 마지막으로 누군가에게 건넬 수 있을, 내게 남은 마음을 주기로 했다. 진영처럼 승수를 좋아하게 되었다.

하지만 두려웠다. 나의 마음과 나의 시가, 나의 슬픔까지 그에게 건넬까 봐. 죽음의 슬픔을 그에게 주고 싶지 않았다.
그렇지만 달아오르던 마음을 멈출 수는 없었다. 어찌 보면 이기적이었지만, 나는 승수에게 시를 주기로 마음먹었다.

매일 시를 썼다. 별처럼 떠오르는 단어 중 가장 적확한 단어를 고르기 위해 노력했다. 문장과 마음을 노트 위로 꾹 꾹 눌러 담았다.

옆자리 언니는 내가 뭘 그리도 쓰나 궁금해했다. 나는 편지를 쓴다고 대답했다. 그러다 언니가 누구에게 쓰는 편지냐고 물으면, 나는 진영이라는 아이에게 쓴다고 대답했다. 언니는 그 이상 묻지 않았다. 다른 이들의 질문에도 마찬가지였다.

다른 사람들에게는 그렇게 대답하며 넘겼지만 승수에게는 들키고 싶지 않았다. 승수가 다가올 때면 황급히 노트를 감췄다. 언젠가 나의 마지막이 다가올 때쯤 건네고 싶었다.

내게 남은 시간이 줄어드는 만큼 승수를 향한 마음은 커져만 갔다.

"환자분은 잘하고 계세요."

며칠 뒤 승수가 내게 건넨 말이다. 사적 감정이 느껴지지 않는, 전형적인 의사의 대사. 친절했지만 건조했다. 매일 같이 듣는 말이었지만, 그날만큼은 이유도 모르게 가슴을 후벼팠다. 그러고선 한 가지 사실을 지각했다.

승수는 진영이 아니었다. 나는 여태껏 승수를 향한 마음이 아니라 진영을 향한 마음을 쓰고 있었다. 승수를 승수가 아닌 진영의 대체자로 여기고 있었다. 이곳에서 써온 시들을 찢어버리고 싶었다. 며칠을 울었다. 다시 진영이 죽어버린 기분이었다. 내가 바보 같았다. 자괴감이 느껴졌다.

여전히 승수는 매일같이 나를 찾아왔다. 어느 때처럼 따듯한 말을 건네고, 안온한 일상을 지켜주려 했다. 하지만 시 쓰기를 그만두었다. 옆자리 언니는 왜 시를 쓰지 않느냐고 물었다. 나는 진영이 죽었다고 대답했다. 언니는 더 묻지 않았다.

목표가 사라졌다. 건강은 빠르게 나빠졌다. 다시 죽음으로 빠르게 달려갔다.

눈앞에 죽음이 보이던 날이었다. 중환자실로 옮겨지기 직전의 상태였다. 오늘이 마지막으로 병실 가족들을 볼 수 있는 날이라고 직감했다. 아직 몸을 가눌 수는 있었지만 많이도 약해졌다. 몇 분 뒤, 어느 날처럼 승수가 내게로 왔다. 승수는 내게 이것저것 묻더니 어느 날과는 다른 말을 건넸다.

"제 아버지도 병원에 계세요."

나는 대답할 힘이 없었고, 그저 최선을 다해 승수에게 시선을 맞췄다.

"환자분처럼 아주 아프세요. 그래도 꿋꿋이 버텨요."

"…"

"환자분도, 아니 이현 씨도 분명 버틸 수 있을 거예요. 가을이니깐. 아직 겨울이 오지 않았잖아요."

승수에게 내가 남긴 시를 주고 싶어졌다. 있는 힘을 다해 팔을 뻗었다. 찢지 않았다. 노트를 쥐고서 승수에게 건넸다. 승수는 놀란 기색이 보였지만 나의 시를 건네받았다. 다행이었다.

며칠 뒤 나는 죽었다.

마지막으로 품은 감정은 승수를 향한 사랑이었다. 더는 진영이 보이지 않았다. 승수의 얼굴만이 보였다.

가을은 겨울을 준비하는 계절이 아닌, 가을 그 자체로서 온전한 계절이다.

고등학생일 적 문학 공모전에 출품한 시의 한 구절이다. 내게 승수는 마지막 순간 나를 나답게 살게 한 사람이 되었다. 나는 승수를 사랑했다.

불꽃

놀이

이사 온 지 이십 년 만에 처음 가보는 지역 축제였다.

"야, 정말 안 올 거야?"

"여자친구가 갑자기 아프대서. 미안하다, 야. 나중에 술 한잔 살게."

함께 가기로 한 친구가 갑자기 약속을 취소하는 바람에 혼자 축제에 올 수밖에 없었다. 뭉쳐 다니는 사람들 틈에서 홀로 다니려니 사뭇 어색했다. 일행이 없으니 생각보다 지루했다.

사람이 많았다. 아빠의 어깨 위에 올라탄 아이부터 상인과 흥정하는 할머니, 돌다리 위에서 강가를 구경하는 연인까지. 다양하고 많은 사람이 저마다의 드라마를 안고서 웃고 있었다. 축제의 공기는 누구든 설레게 하기에 충분했다.

선재 또한 점차 설레었다.

"잠시 후 불꽃놀이가 시작될 예정이오니…."

이곳저곳에 있는 스피커에서 안내방송이 나왔다. 불꽃놀이라. 불꽃놀이를 본 지는 꽤 오래되었다. 초등학생일 적에 수련회에서 본 게 마지막이었으니. 선재는 호기심이 일어 불꽃놀이가 가장 잘 보일 것 같은 전망대로 걸음을 옮겼다. 다른 이들 또한 선재와 같은 생각을 했는지 전망대는 많이도 붐볐다.

하늘은 빛으로 메워졌다. 폭발음과 총천연색의 불꽃들이 밤하늘과 사람들을 환히 비췄다. 사람들은 환호하거나 입을 벌린 채로 감탄했다. 선재 또한 그들과 마찬가지로 환히 비추는 밤하늘을 바라봤다. 축제에 왔다는 사실이 실감 났다.

불꽃놀이가 끝나기 전에 선재는 전망대를 내려왔다. 불꽃놀이가 끝난 뒤에 내려오면 인파에 이리 치이고 저리 치일 게 분명했으니. 최대한 오래도록 불꽃놀이에 환호하다 서둘러 내려왔다.

멀리서 누군가가 보였다. 그는 가로수 옆에서 쪼그려 앉아 귀를 막고 있었다. 처음에는 그냥 지나쳐 갈 생각이었다. 무슨 일인지도 모르면서 괜히 엮이고 싶지 않았으니깐. 하지만 그는 두려워 온몸을 떠는 듯했다. 선재는 두 눈을 질끈 감고서 그에게로 다가갔다.

"괜찮으세요?"

역시 괜찮지 않아 보였다.

"제가 좀 도와드릴까요?"

그는 아무 대답도 하지 않았다. 대답할 수 있는 상태가 아닌 것처럼 보였다.

"여기, 물 좀 마셔요."

선재는 전망대로 가기 전 자판기에서 사둔 생수를 건넸다. 그는 떨리는 손으로 생수를 받더니 간신히 한 모금을 마셨다. 주위에 도움을 청하려 선재는 고개를 이리저리 돌렸지만, 모두 불꽃놀이에 홀렸는지 아무도 보이지 않았다.

"괜찮아요. 감사합니다."

그는 선재에게 생수를 돌려주더니 일어나 내려갔다. 선재는 혹시나 문제가 생길까 그를 따라갔다.

"정말 괜찮으세요?"

"네, 이제는. 감사합니다."

이번에도 괜찮지 않아 보였다. 그는 식은땀으로 얼굴이 뒤덮여 있었다.

"땀이 많이 나는데. 좀 앉으시는 게 어떠세요."

말이 끝나기도 전에 그는 휘청이며 주저앉았다. 선재는 황급히 그를 붙잡았다.

"거 봐요. 안 괜찮다니깐."

선재는 그를 조심스레 부축해 벤치에 앉게 했다. 그는 쓰러지듯 앉더니 한동안 말없이 하늘을 바라봤다. 선재는 다시 어두워진 밤하늘과 그를 번갈아 바라봤다. 불꽃놀이가 끝났다. 밤하늘을 비추는 건 이제 별과 달뿐이었다.

"불꽃놀이가 있을 줄은 몰랐는데. 괜히 폐 끼쳤네요. 이럴 줄 알았으면 안 오는 건데."

그는 어느 정도 정신을 차렸는지 목소리에 힘이 있었다.

"저는 괜찮아요. 정말 괜찮으신 거 맞죠? 저 되게 놀랐어요."

선재는 이제야 마음이 놓였다.

"죄송해요. 어떻게 보답해야 할지."

"정말 괜찮습니다."

선재는 두 손을 펴 정말 괜찮다는 제스처를 취했다. 그는 하늘을 바라보다 선재를 바라봤다.

"제가 전역한 지 얼마 안 됐어요."

"군인이셨나 봐요."

"네. 몸이 안 좋아서 전역했어요. 얼마 전까지 중동으로 파병 가 있었거든요. 그래서 제가 이래요. 뭐라도 터지는 소리만 들리면 정신을 못 차려서…."

"아…."

언제나 정말 힘든 사람 앞에서는 입이 쉬이 떨어지지 않았다.

"이름이 뭐예요?"

그는 나를 바라보며 물었다.

"김선재요."

"저는 이하나예요."

하나는 또박또박하게 자신을 이름을 말했다. 마치 관등성명을 대듯이.

"전역한 지 얼마 되지를 않아시, 이름을 이렇게 편하게 말해도 되나 싶어요. 적응이 안 되니깐."

"그럴 만해요. 저도 한동안 그랬으니깐."

하나와 선재는 슬며시 웃었다.

"좀 걸을래요?"

밤공기가 선선했다. 여전히 사람이 많았다. 모두 즐거워
보였다.

"하나 씨도 혼자 오셨나 봐요."

"네. 제가 여기 이사 온 지 얼마 안 돼서. 동네 구경도 할
겸해서 왔어요."

"같이 다녀요. 제가 이 동네 산 지 이십 년도 더 됐거든
요."

"좋아요."

이런저런 노점상에 들렀다. 옛날 과자를 맛보고, 축제에
서만 팔 법한 꼬치를 사 먹었다. 즐거웠다. 하나도 즐거워 보
였다. 방금까지 힘겨워하던 표정은 모두 증발한 것처럼 웃
음만이 가득했다. 두 사람은 급속히 친해졌다.

"재밌죠."

하나는 웃으며 선재에게 장난쳤다. 멀리서 보면 선재와
하나는 돌다리 위의 연인과 다르지 않아 보였다. 선재의 마
음이 들떴다. 축제에 처음 왔을 때보다 더.

"저기도 가볼래요?"

선재는 조명에 빛나는 분수를 가리켰다. 두 사람은 웃으며 분수로 달리듯 걸어갔다. 분수는 예뻤다. 하나의 눈에 조명이 비쳐 반짝였다. 선재는 하나의 눈을 바라보며 불꽃놀이보다 아름답다고 생각했다. 하나는 선재의 시선을 알아차렸는지 선재에게로 고개를 돌렸다.

"응? 왜요?"

"아뇨. 그냥."

"되게 예쁘다. 그죠."

선재는 하나가 더 예쁘다는 생각이 자신도 모르게 느껴졌다. 선재는 당황했다. 그렇지만 이내 선재는 결심했다.

"하나 씨."

하지만 선재가 생각한 말을 하나가 먼저 말했다.

"내일도 만나요."

잠시 침묵이 흘렀다. 싫지 않은 침묵. 두 사람의 손이 살짝 닿았다가 떨어졌다. 하나가 먼저 선재의 손을 잡았다.

하늘에는 불꽃 대신 별이 가득했다.

당신의

빛

"우진 씨. 우진 씨는 행복이 뭐라고 생각해요?"

해인은 앞에 놓인 술잔을 만지작거리며 말했다. 칵테일 잔에 담긴 얼음들이 찰랑거렸다.

"아니다. 우진 씨는 꿈이 뭐예요?"

해인은 은근히 취기가 도는 듯 옅은 미소를 띠었다.

꿈이라. 나는 자주 생각하지 않고 막연하게만 느껴온 나의 꿈을 생각해보았다.

"그냥, 평범하게 살기?"

재치 있는 대답이 생각나지 않았다. 애꿎은 술잔만 빙빙 돌렸다.

"뭐야. 재미없게."

해인은 실망한 듯 내게서 고개를 거두더니 칵테일을 한

이별에 관한 인터뷰

모금 마셨다.

"취한 것 같은데요."

"안 취했어요."

하지만 해인의 얼굴은 사뭇 불그스레해져 있었다.

"그럼 해인 씨 꿈은 뭔데요?"

"저요?"

해인은 곰곰이 생각하며 숨을 크게 들이쉬었다.

"저도 뭐, 별거 없어요. 그냥, 빛을 만나고 싶어요."

"빛이라."

사뭇 진지하면서도 진지하지 않은 대답이었다.

"지금 너무 어둡지 않아요?"

그러나 바는 어둡지 않았다. 해인은 시선을 어딘가로 옮기지도 않고 그저 앞에 놓인 파란 칵테일만 바라볼 뿐이었다.

"그런데 그 빛이, 지금은 모르겠어요. 보일락 말락."

"음."

나는 또 다른 대화거리를 찾아 머릿속을 이리저리 유영했다.

"해인 씨는 언제 상경했다고 했죠?"

"스물세 살 때요. 그러니깐 한국 나이로 스물셋. 4학년 1

학기 마치고 바로."

"어떻게 올라오게 됐는데요?"

내가 듣기론 해인은 지방에 있는 대학을 나와 서울로 올라온 사람이었다. 하지만 그 이유가 취직을 위해서인지, 공부를 위해서인지는 알지 못했다.

"도망쳤어요. 뭐, 사랑의 도피 같은 건 아니고. 제가 살던 동네에서 더는 살고 싶지 않았어요. 집도 싫었고 학교도 싫었어요. 더 살다간 머리가 터져버릴 것만 같았으니깐."

"누가 괴롭혔나 봐요."

그 말에 해인은 풉, 하고 웃었다.

"괴롭힌 사람이 없었다고는 말 못 하겠네요. 그런데 그게 이유는 아니에요."

해인은 남은 술을 털어 넣듯 마셨다.

"우진 씨도 싫어하는 존재가 있잖아요. 저한테는 그게 제가 살던 곳이었어요. 제가 살던 동네, 저를 아는 사람들, 제가 속한 모든 공간 같은."

어쩌다 해인은 자신을 둘러싼 모든 것에게 질려버렸던 걸까. 묻고 싶지만 구태여 묻지는 않을 생각이었다. 해인은 다시 입을 뗐다.

"많은 일이 있었거든요. 많고도 좋지 않은 일이."

"…"

"그게 뭐냐고 안 물어봐요? 보통은 다들 물어보던데."

"그게 뭐예요?"

나는 마지못해 물었다.

"별건 아니고요. 괴롭힘도 당하고, 애인이랑도 헤어지고. 덕분에 건강도 썩 좋지 못했고."

"별것이 맞는 것 같은데요."

해인은 피식하며 웃었다.

"그런가요. 그럴 수도 있겠네요."

공기가 은근히 불편해져 무의식적으로 손에 쥔 위스키를 홀짝였다.

"아무튼, 제 꿈은 빛을 만나는 거예요."

그러더니 해인은 바텐더를 불러 코스모폴리탄 한 잔을 시켰다.

"오늘은 제가 살게요. 좀 과음하네."

"궁금하네요. 그 빛이 뭘지."

해인은 말없이 빙긋 웃었다.

"왜 빛을 원해요?"

"저는 이미 말했어요. 제가 왜 빛을 원하는지."

하지만 기억을 곱씹어도 알 수 없었다. 해인은 그런 내 생각을 간파한 듯 입을 열었다.

"말했잖아요. 도망쳤다고. 도피는 되게 외로워요. 곁에 둔 모든 존재한테서 멀어지는 행위가 도피예요. 싫어하는 존재에게서, 어찌 보면 좋아하는 존재에게서도. 되게 위태롭죠."

도피는 외롭다. 따지고 보면 맞는 말이었다. 더군다나 해인은 자신을 괴롭히던 존재에 둘러싸여 있었기에 도망치기 전부터 외로웠을 터였다.

"있는 돈 없는 돈 긁어모아서 서울로 도망쳤어요. 적금도 깨고, 오를 기미 없던 주식도 팔고. 최대한 멀리 도망치고 싶었어요. 기왕이면 아무도 저를 모르는 곳으로. 오자마자 근처 고시원에 방을 잡았어요. 두 달 정도 버틸 돈은 있어서, 두 달 안에 아르바이트든 뭐든 돈벌이를 구해야 했죠."

"힘드셨겠네요."

"힘들어도 마음은 편했으니깐. 그전까지는 마음이 편할 날이 단 하루도 없었어요. 상경하고 나서는 삶이 되게 단순했죠. 일하다 공부하고. 그러다 자고. 눈뜨면 다시 일하고.

아무런 생각 없이 살 수 있었어요."

우리 사이에 잠시 정적이 흘렀다.

"제가 참, 무슨 얘기를 하고 있는지."

"지금은 잘 지내요?"

"지금은…"

해인은 잠시 머뭇거리더니 이내 입을 뗐다.

"그러게요. 잘 지내는지, 잘못 지내는지. 그냥, 그럭저럭 그렇게 살아요."

분위기가 가라앉았다.

"저는 어때 보여요?"

"우진 씨요? 우진 씨는 뭐, 좋아 보여요. 아니면… 할 수 없고요."

"…"

"갈까요?"

해인은 남은 술을 마저 마신 뒤 옆자리에 둔 가방과 코트를 들고 일어섰다.

바를 나선 뒤 한동안 말없이 걷기만 했다. 늦가을의 쌀쌀한 밤공기가 코트 사이로 파고들었다. 오렌지빛 가로등이 골목길을 은은하게 비췄다. 적막이 적당한 긴장감을 남겼다. 마땅한 대화거리가 떠오를 듯 떠오르지 않았다. 해인의 얼굴을 슬쩍 엿보았다. 별다른 생각을 하는 것 같지는 않았다. 내가 무슨 말이라도 해야 하나. 적막이 준 긴장감은 어느새 은근한 부담감으로 변해 있었다.

"고흐가 동생에게 편지를 자주 썼대요."

표정 변화 하나 없이 해인은 슬쩍 입을 뗐다.

"제가 아는 고흐 말하는 거죠."

"네. 그림 그리던 그 사람. 그중 한 통에서 고흐가 뭐랬냐면, 자기는 사랑이 없는 삶은 감옥과도 같다고 생각한대요. 그러니까 조금 더 정확하게 말하자면, 사랑은 감옥에 갇힌 영혼을 자유롭게 하는 존재라고. 뭐, 제 해석은 그래요."

"사랑이 없는 삶이라…."

해인은 잠시 걸음을 서둘러 나보다 앞서가더니 뒤돌아 나를 바라봤다.

"빛이 뭔지 궁금하다고 하셨죠?"

해인은 취한 사람 특유의 미소를 지었다.

"빛은 구원이에요. 구원."

"구원?"

"네, 구원."

"어떤 구원이길래…."

"저는 되게 외로운 사람이에요. 이미 말했지만. 그래서 저는 저를 구해줄 누군가가 필요해요. 한번은 생각했죠. 나의 구원은 오로지 나 자신뿐이라고. 그런데 그건 좀 힘들더라고요. 외로웠거든요. 언젠가 혼자 텅 빈 성당에 가서 기도한 적이 있었어요. 누군가 도와줬으면 좋겠다고. 그러니 제발, 제발 누구라도 보내주시라고."

해인은 다가와 두 손으로 내 손을 꼭 쥐었다. 공기는 차게 식어 있었지만, 해인의 손만큼은 따뜻했다. 심장이 크게 뛰었다.

"누구에게나 누군가의 도움이 필요한 사정은 반드시 있거든요."

나는 말없이 해인의 손을 꽉 쥐었다.

"도와주실 수 있어요?"

해인은 조심스레 내게 물었다. 우리는 서로를 응시했다.

"기꺼이."

나는 해인을 내 품 안에 포갰다.

그라운드
위의
세연

그날이 세연과 처음 만난 날이었다. 뛸 수조차 없이 아파 일찍 집으로 향하던 길이었다. 오렌지빛으로 뒤덮인 어두운 골목길. 뒤에서 불린 내 이름.

"강은아."

오랜만에 다정히 불린 이름이었다. 뒤돌아봤다. 교복 차림에 초록색 가방, 단발머리. 다른 여자아이들과는 다르게 치마가 길었다.

"뭐야? 너 나 알아?"

내가 세연에게 던진 첫 마디. 경계했다.

"괜찮아?"

세연이 다가왔다.

"아까 봤어. 많이 맞던데."

부끄러웠다. 맞는 건 아무래도 상관없었지만, 그 모습을 누구에게 들키고 싶진 않았다. 약해지는 기분이 들었다.

"거기서부터 따라온 거야?"

"응."

당황스러웠다.

"그건 그렇고, 너 내 이름은 어떻게 아는데?"

"우리 같은 반이잖아. 너 나 몰라?"

모를 수밖에. 다른 야구부원들이 그랬듯 나도 수업 시간에는 늘 엎드린 채로 잤다. 반에 친구는커녕 말 한마디 섞는 사람도 없었다.

"좀 섭섭하네."

"…"

"자주 보자."

그 말을 남기고 세연은 왔던 길로 되돌아갔다.

이후로 세연은 자주 찾아왔다. 친해지길 원하는 사람처럼 자꾸 말을 붙이고 오늘 있었던 일들을 풀어놓았다. 어쩌다 무슨 말이라도 하면 크게 호응해주었다. 반에선 잘 수도 없게 재잘재잘 말을 걸어댔고, 연습이 끝날 때쯤 나를 찾아오기도 했다. 싫진 않았다. 상냥한 미소나 다정한 표정을 보게 되면 마음을 놓을 수 있었다. 체벌과 무미건조한 일상에서의 도피. 세연을 가로막던 경계심은 얼마 가지 못했다.

많이는 아니었어도 거의 매일 대화를 나눴다. 나는 세연의 생일과 취미 같은 것들을 알게 되었고, 세연은 야구부의 체벌을 자세히 알게 되었다. 우리는 서로의 세계를 공유했다. 나는 아는 게 야구밖에 없어 야구 얘기를 자주 해주었다. 내가 존경하는 데릭 지터가 얼마나 대단한 선수인지, 메이저리그에는 얼마나 많은 괴수가 모여 있는지 같은. 세연은 야구를 잘 알지 못했지만, 내가 해주는 얘기를 듣곤 늘 재밌다고 말했다. 야구 얘기가 재밌어서인지, 내가 하는 얘기라 재밌었던 건지는 몰랐지만. 어쨌든 우리는 꽤 잘 맞았다. 대화가 잘 통했고, 서로를 이해했다.

언젠가 세연에게 진짜 야구를 보여주고 싶었다. 정확히는 그라운드 위의 내 모습을.

"토요일 두 시에 여기서 연습 경기하는데 보러 와."

세연이 수락할지 확신하지는 못했다. 거절할 것 같았다.

일단 내질렀다. 부끄러웠다.

"토요일 두 시? 그래."

의외로 간명한 승낙이었다.

사실 경기에 뛸 수 있을지 확신할 순 없었다. 후보 신세이던 1학년이 선발 출전하는 사례는 극히 드물었으니. 특히나 그냥 연습 경기도 아니었고, 지역 라이벌과의 경기였다. 자존심 때문에라도 분명 모두가 최선을 다할 터였다. 대타나 대수비라도 좋으니까 출전할 수 있기만을 바랐다. 그라운드에서 뛰는 내 모습을 보여주고 싶었다.

끝내 출전하지 못했다.

감독님은 나를 내보내지 않았다. 마지막 이닝이 다가올수록 초조해졌다. 감독님 근처에서 시위하듯 스윙 연습을 하기도 했다. 그러나 그날 감독님의 시야 안에는 내가 없었다.

경기장에서 막 나가려던 참에 세연이 다가왔다. 사복 차림의 세연을 본 것은 처음이었다. 부끄러웠다. 초라한 기분이 들었다. 호기롭게 초대했는데 정작 내가 뛰는 모습을 못 보여줬다니. 세연과 눈이 마주쳤지만 아무 말도 하지 못했다.

"재밌다."

세연은 밝게 웃었다. 가식이 비집고 들어오지 못할 만큼의 진심이었다.

더 열심히 뛰어야 했다. 나의 야구를 보여줘야 할 사람이 생겼다. 경기에 더 자주 나설 수 있어야 했다. 어서 주전 자리를 차지해야 했다. 내가 야구를 해야 할 새로운 이유가 생겼다.

하지만 좋은 일 뒤에는 늘 나쁜 일이 있었고, 그러한 삶의 공식은 나를 비껴가지 않았다. 형이 죽었다. 형 또한 야구선수였다.

"강은아."

말도 없이 떠났던 학교로 돌아온 지 이틀째 되던 날, 훈련을 마치고 집에 가려던 참에 세연이 나를 찾아왔다. 복잡한 표정이었다. 걱정이나 의문 같은 감정들. 표정 안에 많은 것이 담겨 있다는 사실은 깊이 생각할 필요도 없이 알아챌 수 있었다. 눈이 마주쳤다. 잠시 서로를 응시했다. 세연은 어색하게 미소 지었다. 나는 아무 말도 하지 않고 세연을 지나쳤다. 세연은 내 이름을 몇 차례 더 불렀고, 나는 무시했다. 무시하며 생각했다. 세연이 내 이름을 부를 일은 아마 다시는 없겠지. 더는 세연의 상냥한 미소를 볼 수 없겠지. 그날 이후 세연은 내게 다가오지 않았고, 나 또한 그랬다. 있는 듯 없는 듯 서로를 대하다 전학 갔다. 당연히 야구도 그만두었다.

야구를 그만둔 뒤로는 야구장에 가지 않았다. 형이 생각나는 바람에 야구 중계조차 볼 수 없었다.

야구와 멀어진 채로 어른이 되었다. 딱히 대학에 진학할 마음도 없었다. 무작정 인천으로 올라와 아무 아르바이트나 지원했다. 내가 살던 지역은 너무도 좁았기에, 형과 관련된 사람을 너무 자주 마주쳤으니깐. 아무도 나를 모르는 곳에서 지내고 싶었다. 엄마와 나만 남게 된 가족 중 오직 나만이 돈을 벌 수 있었기에 닥치는 대로 돈을 벌었다.

삭막한 일상이었다. 막연한 꿈조차 없이 일만 하거나 자기만 했다. 그러다 너무 지칠 때면 세연이 생각났다.

형이 죽은 뒤로는 쥐 죽은 듯이 살았다. 왜인지는 모르겠다. 검게 칠해진 사람이 되었다. 지금껏 내게 잘해주던 아이는 가족을 제외하고 세연뿐이었다. 그래서인지 가끔 지칠 때마다 첫사랑과 같은 감정으로 세연을 추억했다. 언젠가부터 그 추억은 점차 커져, 몇 년 동안 얼굴도 보지 못한 세연을 갈망하게 했다.

아르바이트하던 식당의 근처에는 한 프로 구단의 홈구장이 있었다. 당연하게도 버스 정류장이 그 근방에 있었다.

집으로 가는 버스를 기다리던 중이었다. 세연이었다. 많이 변하긴 했지만 단번에 알아볼 수 있었다. 짧았던 머리는 허리까지 길었고 화장은 진했다. 여전히 예뻤다. 원정팀 유니폼을 입고 있었다. 내가 태어나 야구를 한 지역을 연고로 하는 팀의 유니폼.

심장에 싱크홀이 파이는 기분이었다. 언젠가 다시 만나고 싶다는 생각만 해봤지, 실제로 만날 줄은 몰랐다. 이렇게 빨리 만나게 될 줄은 더더욱. 나도 모르게 뚫어지도록 쳐다봤다. 시선이 의식되었나. 세연이 고개를 돌려 나를 쳐다봤

이별에 관한 인터뷰

다. 놀란 듯했다. 우리는 서로를 계속 쳐다봤다. 세연이 나를 손가락으로 가리키며 천천히 다가왔다. 몇 년 만에 내 이름을 부르며 두 눈을 크게 뜨고.

"정말 그만뒀어? 진짜?"

이런저런 대화를 나누던 중, 내가 야구를 그만두었다는 말을 들은 세연은 술집의 사람들이 모두 쳐다볼 만큼 크게 말했다.

"완전히 그만둔 건 아니고. 언젠가 다시 시작해보려고."

빈말이었다. 나는 멋쩍게 술잔을 비웠다.

"그래도 다행이다. 잘 생각했어."

세연은 비워진 내 술잔을 채우며 미소 지었다.

"나는 네가 그날 이후로 야구 그만두면 어떡하나 걱정됐거든. 네가 나 야구 좋아하게 만들었으면서 정작 너는 떠날까 봐."

"그날?"

"응. 네가 다시 학교로 돌아와서 처음 마주친 날."

처음 마주친 날. 그날은 학교로 돌아온 뒤 우리가 처음 만난 날인 동시에 우리가 마지막으로 얼굴을 마주한 날이기도 했다.

"아니, 뭐 그런…"

나는 민망해서 잠시 고개를 숙였다. 한동안 정적이 감돌았다. 취기가 뭉근히 몸을 데웠다.

"나 그때 정말 상처 많이 받았다? 네가 아무리 힘들었다지만 내가 그때 걱정을 얼마나 했었는데. 아무 말 없이 학교도 안 나오고 잠수 탔잖아. 그런데 그런 식으로 무시를…"

세연은 허탈하게 웃으며 머리를 쓸어넘겼다. 어색한 공기가 우리 사이를 채웠다.

"미안."

쪽팔렸다.

"미안하게 생각하고 있어."

세연이 나를 가만히 쳐다봤다. 술기운 때문에 눈에 힘이 살짝 풀려 있었다.

"강은아."

세연은 오른손으로 내 손을 천천히 감싸 쥐었다. 세연의 손은 가늘고 차가웠다.

"그래도 많이 힘들었겠다."

그날 세연과 잤다.

세연의 집으로 들어가 누가 먼저라고 할 것도 없이 서로의 옷을 벗겼다. 처음이었다. 어설프게 두 손으로 세연의 브래지어 후크를 풀었다.

세연은 금방 잠들었지만 나는 잠들지 못했다. 세연이 내 품에 안겨 있다. 옷을 다 벗은 세연이 옷을 다 벗은 나와 살결을 맞대고 있다. 누가 누구인지 구분되지 않을 만큼 가까이, 아니 공기조차 들어갈 틈도 없이 맞닿아 있다. 세연이 잠결에 움직일 때마다 세연의 살결이 나의 살결에 부드럽게 쓸렸다. 이 순간이 흩어져버릴까 봐 세연을 꼭 껴안았다.

보고 싶었어. 나지막이 속삭였다.

"밥 차려줄게."

안개가 낀 아침이었다. 세연은 즉석 밥과 즉석 북엇국을 데웠다. 단출한 구성이었다. 누군가가 차려준 밥을 먹는 건 인천에 올라오고서 처음이었다. 국에 밥을 말아 삼키듯 먹었다. 뱃속에 온기가 채워졌다.

"인천에 올라온 지는 얼마나 됐어?"

생각해보니 연고도 없는 인천에서 세연을 만났다는 사실

이 기적처럼 느껴졌다.

"나? 대학을 여기로 왔어. 그러다 여기서 취직도 하고."

"그래도 응원하는 팀이 달라지진 않았네."

세연은 말없이 웃기만 했다.

"내가 왜 너랑 친해지려고 했던 줄 알아?"

세연은 밥을 거의 먹지 않다가 입을 열었다.

아무 대답도 하지 않았다. 이유를 알 수 없었다. 생각해 보니 의문을 가진 적은 없었다.

"아직 중학생밖에 안 된 애 눈빛이, 세상 다 산 놈처럼 공허했거든. 뭣 때문인지는 몰라도… 슬펐어."

"슬퍼?"

"눈빛도 슬퍼 보이고, 그것 때문에 괜히 나도 청승맞아졌고."

"…"

"하도 맞고 지내서 그랬던 건지, 운동이 힘들어서 그랬던 건지. 반에서 친구도 없어 보였고. 그래서였는지 친해지고 싶었어."

세연은 밥을 한술 크게 퍼 입에 넣었다.

"잘생기기도 했고."

이별에 관한 인터뷰

아무 말도 하지 않고 멋쩍게 웃었다.

"보고 싶었어."

이번엔 내가 세연의 손을 잡았다. 세연도 손을 빼지 않았다.

"마저 먹어. 식겠다."

밥을 다 먹고 나갈 준비를 했다.

"화장실 좀 쓸게."

"응, 써."

화장실에 들어가서 세수를 했다. 언제 다시 볼 수 있을지를 생각했다. 구체적인 시간을 정하고 싶었다. 다음에 보자, 같은 모호한 말로 우리를 이어놓고 싶지 않았다.

양치 컵 옆에 놓인 사진 하나가 보였다. 그것을 두 손으로 쥐고 쳐다봤다. 행복한 표정의 두 사람이 서로 껴안고 있었다. 온갖 무겁고 무서운 생각들이 머릿속에서 충돌했다. 잠시 눈에서 초점이 나갔다. 세연이 화장실 문을 세차게 열고 들어왔다. 다급함이 섞인 표정으로.

"이게 뭐야?"

"…"

"아니지?"

아니어야만 했다. 제발. 세연은 고개를 푹 숙이고 아무 말도 하지 않았다. 긴 머리카락에 가려져 무슨 표정을 하고 있는지 보이지 않았다.

"나 결혼해."

그대로 주저앉았다. 다리에 힘이 풀렸다. 흐려진 표정으로 세연을 쳐다봤다.

"속일 생각은 없었어. 네가 좋은 게 거짓말도 아니고. 그냥…"

씨발.

나는 일어나 세연의 두 어깨를 움켜잡았다. 눈물이 새어 나왔다,

"아무 말도 하지 마. 그냥, 그냥 아무 말도 하지 마."

왜 그랬는지 이유를 묻고 싶지도 않았다. 이유를 물어도 달라질 건 없었다. 너는 나를 속였다.

아니, 죽였나.

차라리 거짓말로 얼버무렸으면 좋겠다고 생각했다. 믿어라도 보게. 그 길로 세연의 집에서 뛰쳐나왔다. 골목에서 큰

길로 나오자마자 다시 주저앉았다. 바삐 지나가던 사람들의 시선이 느껴졌지만, 그딴 건 신경 쓰이지 않았다. 그동안 간신히 나를 지탱해온 무언가가 붕괴했다.

세연아. 네가 있어 내가 살 수 있었어. 네가 있어 다시 뛸 수 있었어. 네가 있어 슬퍼하지 않을 수 있었어. 네가 나의 구원이었어. 그런데.

삼 년이 지났다.

결혼해 아이를 가졌다는 세연의 소식을 어디선가 들을 수 있었다. 하지만 그런 건 더는 신경 쓰이지 않았다. 멀리서 다현이 나를 부르며 달려왔다.

"얼마나 기다렸어?"

"얼마 안 기다렸어. 가자."

처음 사귄 애인이었다. 좋은 사람이었다. 세연이 생각나지 않을 만큼.

"잠시만. 나 전화 좀 받고 올게."

다현이 휴대전화를 들어 보였다. 다현이 잠시 자리를 떠난 뒤 스친 생각 하나. 왜 화면이 아니라 뒷면을 보여준 거지? 숨겨야 할 사람인가? 내가 몰라야 할 사람인 건가? 그런 것치고는 당당한데? 당당한 척하는 건가? 나 말고 몰래 만나는 사람이 있는 거야? 물어봐야 하나? 아니, 전화기를 뺏어야 하나?

다현이 웃으며 다시 돌아왔을 때 생각이 극으로 치달았다는 사실을 알았다.

어쨌거나 더는 세연이 신경 쓰이지 않았다. 내 눈에는 오로지 다현만 보였다.

레퀴엠

아무 잘못이 없는 당신을 미워하지 않으려 애쓰고 있다. 당신은 떠났고, 나는 여기 남아 당신을 기억한다.

당신처럼 떠나지 않을 테다. 당신이 떠난 후로 줄곧 진하게도 새긴 다짐이다. '남겨진 자의 슬픔'이라는 낡은 구절. 나의 이야기가 될 줄은 몰랐다. 아니, 상상조차 하기 싫었다. 당신의 죽음은 곧 나의 죽음이었으니깐. 나는 죽고 싶지 않았고, 그래서 당신의 죽음을 원하지 않았다. 당신은 나를 위해서라도 그렇게 떠나서는 안 되었다.

당신의 식은 몸을 기억한다. 당신의 주검을 목격했을 때를 기억한다. 피가 차게 식었다. 당신의 몸을 안고서 한참을 울었다. 다시 깨어나라며 심장을 수십 번 내려쳤지만 달라지는 건 없었다.

장례를 치렀다. 웃으며 조문객들을 맞이했다. 가끔은 술을 따르고, 웃으며 농담을 받기도 했다. 하지만 내가 아무리 그들을 맞이한들, 당신의 결말은 달라지지 않았다. 멍든 마음은 부패되어만 갔다.

"고인의 유품입니다."

당신의 마지막 흔적을 안고서 다시 울었다. 당신의 살 냄새가 느껴졌다. 잃지 않기 위해 한참 동안 코를 파묻고 있었다. 당신의 어머니는 눈을 거의 뜨지 못한 채로 얼굴이 부을 때까지 울어댔다. 내 새끼 돌려내라며, 뭐가 그리 급해서 먼저 갔냐며, 드라마에서나 나올 법한 대사를 토해내었다.

우리의 결혼식을 기억한다. 검은 머리가 파뿌리 될 때까지. 당신은 반지를 끼워주며 영원을 약속했다. 나 또한 눈물을 두어 방울 흘리며 당신과의 영원을 약속했다. 하지만 이제 우리 모두 우리의 서약을 지킬 수 없게 되었다.

당신은 너무 아픈 사랑은 사랑이 아니라는 노랫말을 좋아했다. 나는 이제 너무 아픈 사랑을 시작한다. 설령 그것이 사랑이 아닐지라도, 나는 필사적으로 거부하겠다. 나의 사랑은 지나치게 아플지라도, 끝까지 사랑으로 간직될 것이다.

그러니 그곳이 어딘지는 모르겠지만, 기다려주었으면 한다. 나는 당신을 잊지 않을 테니, 당신도 나를 잊지 않았으면 한다. 부디 다시 만날 수 있기를 바란다.

당신, 당신, 당신, 당신.

이 나쁜 놈아. 이 멍청아. 이 바보야. 왜 그리도 일찍, 나를 버리고서.

유서

이건 내가 당신에게 전하는 마지막 말이야. 여기에는 내가 죽기 전 당신에게 하고픈 말들이 담겼어. 마지막 편지를 미안하다는 말로 뒤덮지는 않을게. 그만큼의 지면을 당신에게 하고픈 말들로 채우려 해.

궁금하겠지. 내가 왜 이리도 일찍 당신을 떠나게 됐는지. 당신에게만 말하는 사실이야. 당신이라면 이해해줄 수 있다고 생각하니깐. 아무에게도 보여주지 않았으면 좋겠어. 이건 당신과 나만 알아야 하는 이야기야.

당신도 알잖아. 나는 많은 존재에게 의미를 부여하는 사람임을. 나는 생각도 많고 감정도 풍부한 사람이야. 그러다 보니 이런저런 힘든 일에서 쉽게 헤어나지 못했어. 가끔 직

이별에 관한 인터뷰

장에서 꾸지람을 듣기라도 하면 담배를 하루에 두 갑씩 피워댔고, 당신과 다투면 나를 버리기라도 할까 봐 당신의 미소를 돌려받기 전까지 손이 떨리곤 했지. 당신을 만나기 전부터 나는, 불안과 슬픔에 오래도록 잠겨 있었어.

그리도 허우적대던 나를 붙잡은 사람이 당신이었어. 가족마저도 하지 못한 일을 당신은 너끈히 해냈어. 맞아. 당신이 나의 구원이었어.

늘 상냥한 말을 줬어. 망가져가던 나를 힘껏 끌어내어 볕을 내어줬어. 당신은 바지런히도 내게 빛을 건넸어. 당신이 나를 살게 했어. 황홀했지. 그 행복이 오래갈 줄 알았어.

처음 겪는 따돌림이었어.

이직한 회사에서의 첫날이었지. 잘 부탁드린다고 인사를 했어. 처음에는 모두가 나를 반겼지. 표정이 좋지 않던 직원 한 명을 제외하고 말이야. 며칠 뒤부터 이상한 소문이 돌았어. 내가 누군가와 바람피운다고. 전 직장에서도 불륜 짓을 하다 쫓겨나오듯 이직하게 됐다고. 하지만 맹세컨대 나는 결코 그러지 않았어. 아직도 왜 그런 소문이 퍼지게 되었는지 이유를 알지 못해.

겪어보니 알겠더라. 따돌림은 단순히 따돌림에 그치지 않는다는 사실을. 따돌림은 괴롭힘이 되었어.

언젠가 회사에 일이 하나 터졌어. 누군가 비품을 훔치고 있다는 사실이 드러난 거야. 예상되는 전개지? 별일 아닐 수도 있었겠지만, 사람들은 은근히 나를 범인으로 몰고 가는 분위기였어. 다 큰 어른들이 말이야. 어떻게 그리도 유치한 만행을 벌일 수 있는지. 정말 억울했어. 상사 중 한 명은 동료들 앞에서 내게 모욕을 주더라. 돈이 없으면 야근을 해서라도 벌어갈 생각을 해야지 더럽게 비품을 훔치냐고. 의심은 언젠가부터 사실이 되어 나를 죽이려 들었어. 눈물이 나올 뻔했어. 그래도 꾸역꾸역 눈물을 욱여넣었어. 이대로 지는 것만 같았거든.

이런 나를 당신은 안아줬어. 출근하기 전 현관에서, 퇴근하고 현관에서. 정말 고마웠어. 하루의 시작과 끝에 누군가 나를 지켜주고 있다는 사실이. 그런데 그럴수록 괴리는 더 커졌어. 왜, 의사들이 그러잖아. 조울증이 보편적인 우울증보다 위험한 이유는 밝은 시기가 어둠을 극대화하기 때문이라고.

생각 없이 말하는 사람은 나이를 먹어도 그대로야. 그 회사에 다니며 여실히 느꼈어. 그 인간들은 나의 업무 태도를 비난하더니 언젠가부터 나를 비난했어. 그러다 언젠가 화장실에서 이름 모를 직원들이 당신을 힐난하는 대화를 듣게 되었어. 이 사실만큼은 결코 당신이 알게 하고 싶지 않았는데. 이렇게 말하게 되어서 미안해.

고작 나의 아내라는 이유로 그들은 당신을 욕했어. 자괴감이라고 하지. 삼십 분을 변기에 앉아 흐느꼈어. 미안해서. 그대로 죽어버리고 싶어서.

당신 탓을 하려는 건 절대 아니야. 밝기만 하던 당신과 나를 그 개자식들이 밟아 으깬 거니깐.

말했지. 나는 모든 존재에게 의미를 부여하는 감정적인 인간이라고. 이번에도 그랬어. 내가 당신을 욕보였구나. 나의 잘못이구나. 이 생각은 지금도 변함이 없어. 오래도록 헤어나지 못했어. 당신의 손을 잡고, 당신이 해준 밥을 먹어도 극복하지 못했어.

　그곳을 정말 떠나고 싶었지만, 상황이 여의치 않았어. 알 잖아. 나는 감당해야 할 사람이 많다는 걸. 엄마는 아팠고, 언젠가 우리가 아이를 갖게 된다면 더 많은 돈이 필요했으 니깐. 엄마가 건강해지고 우리가 아이를 갖는 행복한 계획 을 망치고 싶지 않았어. 그래서 두려웠어. 너무 많은 사람이 내 위에 올라타 있는 기분이었어.

　이런 말 하면 안 되겠지만, 가끔은 가족이 원망스러웠어. 나 홀로 이 모든 짐을 떠안고 있다는 처지라고 생각했으니 깐. 확실히 나의 착각이었겠지만 말이야. 하지만 그게 착각 이든 아니든 간에, 나는 힘들었어.

　당신이 내가 바라보는 마지막 사람이었으면 좋았을 텐데. 그러지 못해 아쉬워. 아니, 서러워. 하지만 내가 마지막으로 보는 사람이 당신이면 안 돼. 분명 내가 아끼는 당신을 죽일 테니깐. 나는 그러고 싶지 않아.

　우리가 연애할 적에, 나는 당신에게 편지를 자주 썼지.

대신 꽃다발을 자주 건네지 않았어. 말 없는 꽃보다는 하고 픈 말을 꾹꾹 눌러 담은, 가지런한 마음을 전하고 싶었거든. 이렇게 될 줄 알았더라면 편지를 주면서 꽃다발도 함께 주는 건데. 지금 생각해보면, 편지를 받는 순간만큼이나 꽃을 받던 표정도 환했던 것 같아. 생각해보니 당신에게 절반만큼의 미소를 준 것만 같아 미안해져.

우리 사이에 아이가 한 명 있었으면 좋겠다고, 이름은 무엇이 좋을지 침대에 누워 함께 생각해본 적 있었잖아. 하지만 우린 결국 아이를 가지지 못했어. 나는 지나치도록 바빴고, 아이를 가지는 일보다 더 중요한 일이 많았으니깐. 하지만 당신 같은 아이가 있다면 어땠을까, 그런 생각을 자주 했어.

아마 당신은 울겠지. 누구의 시선도 상관치 않고 울 거야. 그렇지만 울지 않았으면 좋겠다. 이런 선택을 한 내가 할 말은 아니지만, 당신이 울면 나도 울어.

나는 여기 남아 당신을 바라볼 거야. 당신을 잊지 않을 거야. 그러니 기다려줘. 이곳에서 남아 당신을 기다릴 테니.

날씨가 쌀쌀하다. 옥상이라 더 추운 것 같아.

나의 마지막을 보여줘서 미안해. 나의 몸을, 차게 식어버린 몸을 당신의 두 눈으로 감당하게 해서 미안해. 미안해. 미안. 정말 미안해. 이런 선택을 해서 정말 미안해. 어쩔 수 없었어. 미안해. 미안.

이별에 관한 인터뷰

소희

눈을 떠보니 숲속이었다.

솔은 조용히 주위를 둘러봤다. 이름 모를 나무들이 빽빽
이 서 있었다. 밝은 한 점으로 나 있는 오솔길은 낙엽으로
덮여 있었다. 선선한 바람이 셔츠의 결을 따라 솔을 간질였
다. 흔들리는 대나무 소리가 귀 뒤에서 솔을 따라왔다. 어
디선가 작은 발걸음 소리가 들려왔다. 뒤돌아봤다. 멀리서
보이는 숲의 끝자락에 누군가 서 있었다. 나이와 얼굴은 가
늠할 수 없었다. 하늘색 원피스를 입고 있었다. 그는 솔을
잠깐 바라보더니 다시 빛이 들어오던 숲의 바깥을 바라봤
다. 그러고는 다시 돌아보지 않았다. 솔은 그가 있는 곳을
향해 걸음을 옮겼다.

숲을 벗어나니 눈을 뜰 수 없었다. 백사장에 햇빛이 반사

되어 눈이 부셨다. 솔은 왼손을 들어 눈앞에 그늘을 만들었다. 밀려들어오는 파도 소리가 귓속으로 밀려들어왔다. 멀리서 가을볕을 품은 바닷바람이 솔의 양팔을 간질였다. 솔은 양팔로 시선을 옮겼다. 입고 있던 코트는 어느새 반소매 셔츠로 변해 있었다. 이게 뭐지. 솔은 당황해 두 손으로 양팔을 더듬었다.

그러다 솔은 숲에서 본 그가 생각나 고개를 이리저리 움직였다. 보이지 않았다. 눈앞에 누군가가 누워 있는 것 빼고는. 솔은 그가 쓰러진 줄 알고 서둘러 다가갔다.

사람이 아니었다. 숲속에서 보았던 것과 같은 원피스를 입은 마네킹이 모래 위에 널브러져 있었다. 솔은 의아해 쭈그린 채로 마네킹과 원피스를 괜히 톡톡 건드렸다.

"안 놀라네?"

누군가의 목소리가 고개 뒤에서 들렸다. 여자 목소리. 잘 아는 여자였다. 솔은 일어서며 뒤돌아봤다. 마네킹과 똑같은 옷차림. 허리까지 오는 긴 생머리가 바닷바람에 산들거렸다. 소희였다.

"소희?"

솔은 소희가 왜 여기에 있나 싶어 놀라 살짝 뒷걸음쳤다.

"맞아, 소희."

소희는 미소 지으며 말했다.

"여기서 다 만나네."

소희는 바다 냄새가 좋은지 숨을 크게 들이쉬었다.

"여기가 어딘데?"

"보면 몰라? 바다잖아."

"그건 나도 알아."

솔은 소희가 장난을 치는 줄 알았다. 소희는 천천히 어딘가로 걷기 시작했다. 솔은 소희를 따라가려 했지만, 숲속을 거닐 때와는 다르게 몸이 마음대로 움직이지 않았다. 소희를 따라가려 몇 발자국 내딛는 동안 달 위를 걷는 것처럼 몸이 둥실 떠오르기도 했고, 술에 취한 것처럼 비틀거리기도 했다. 그러다 바라본 바다는 어느새 보랏빛으로 변해 있었다. 이 모든 상황이 갑작스러웠다. 솔은 소희를 쳐다봤다. 소희는 솔과 다른 곳에 있는 것처럼 유유히 백사장 위를 걷고 있었다. 이런 솔의 어려움을 아는지 모르는지 소희는 뒤돌아보지도 않고 표표히 걷기만 했다.

몇 걸음을 더 가다 소희는 잠시 멈춰 섰다. 솔은 어렵게 중심을 잡으며 겨우 걸음을 멈췄다. 하마터면 소희의 등에 얼굴을 박을 뻔했다. 소희는 뒤돌아 솔을 바라보다 바다를 가리켰다. 코끼리 한 마리가 그 위를 걷고 있었다. 생생하지만 생경한 광경이었다.

"네가 제일 좋아하는 코끼리."

"뭐야 저게?"

"그냥 아무 생각도 하지 마. 여긴 집에서 조금 먼 곳이니깐."

옅은 미소를 짓던 소희는 다시 걸었다. 솔도 소희를 따라 다시 휘청이며 걸었다. 그 와중에도 코끼리는 여전히 바다 위를 걷고 있었다.

소희는 이 모든 광경에 별다른 감흥이 없어 보였다. 별것도 아닌 존재들을 보는 듯했다. 아예 처음부터 당연하다고 생각하는 것처럼. 여기가 어디인지를 계속 물어볼까 봐 코끼리를 보여준 게 아닌지 솔은 생각했다. 솔은 여럿 생각나던 질문들을 모두 억지로 삼켰다. 솔은 소희를 가만히 서서 바라보다 다시 뒤쫓아갔다.

소희와 솔은 걷고 걸어 휴양지에나 있을 법한 작은 음료수 가게 앞에서 걸음을 멈췄다. 별다른 걸 팔지 않는, 가게의 내부가 시원하게 드러난 가게였다. 주인이나 종업원은 보이지 않았다. 사람의 온기조차 느껴지지 않았다. 솔은 멀미가 나 쿠션이 깔린 의자 위로 서둘러 몸을 던지듯 앉았다. 소희는 그런 솔을 슬쩍 쳐다보고는 냉장고에서 맥주 두 캔을 꺼내 하나를 솔에게 던졌다. 황금색 크라운 맥주였다. 몇십 년 만에 처음 보는 크라운 맥주였다. 차가웠다.

"마실 거야?"

소희는 선반 앞 의자에 걸터앉았다. 솔은 멀미 기운에 아무것도 먹고 싶지 않아 고개를 저었다.

"그럼 다시 줘."

솔은 일어나 소희에게 맥주를 건넸다. 소희가 맥주를 던질 때 흔들렸는지 맥주 거품은 거침없이 소희의 손등을 파도처럼 뒤덮었다. 소희는 얼굴을 찡그리며 손을 탈탈 털었다.

"여기 주인은 어디 갔어? 막 꺼내 먹어도 돼?"

"몰라. 그냥 있길래 마시는 거지."

솔은 지나치게 태연한 소희의 모습에 짐짓 당황스러웠다.

"여기 있는 동안 주인은 한 번도 본 적 없어. 묵혀두면 썩을까 봐 마시는 거지."

소희가 맥주를 마시며 대답했다.

"오래 있었어?"

"조금 오래."

"조금 오래?"

"얼마 안 됐어. 처음 왔을 때도 날씨는 지금이랑 비슷했
으니깐."

소희는 나머지 맥주를 따서 들이켰다.

"여기는 왜 온 거야?"

소희는 아무 대답도 하지 않았다. 이윽고 맥주를 선반 위
에 올려두더니 바다가 밀려오는 백사장으로 걸어갔다. 가을
볕에 살짝 데워진 바닷바람에 소희가 입은 원피스가 가볍게
산들거렸다. 솔은 바다와 겹쳐지는 소희의 뒷모습을 바라볼
뿐이었다.

솔은 하늘을 올려다봤다. 햇빛의 농도가 방금보다 짙어
져 있었다. 날이 저물고 있었다. 푸른색 하늘과 귤색 하늘
이 서로 섞여 바다를 어지러이 비췄다. 그곳에는 여전히 코
끼리가 거닐고 있었다. 개연성이나 상식 따위가 느껴지지
않는 광경이었다. 이곳은 많이 이상했다. 그러다 다시 소희
가 생각나 주위를 둘러봤을 때, 소희는 이미 어딘가로 걸어
가 보이지 않았다. 솔은 소희를 찾으려 걸음을 옮겼다.

솔은 해변을 거닐며 소희에 대해 생각했다. 소희를 생각했고, 소희와의 시간을 회상했다. 소희는 솔의 애인이었다. 솔은 홀로 산 시간이 누군가와 함께한 시간보다도 길었다. 솔의 가족은 솔이 어렸을 적에 해체되었다. 어린 시절의 솔은 일상의 대부분을 홀로 보냈다. 혼자 개미를 괴롭히고, 혼자 시소를 탔다. 해가 뜨고 질 때까지 계속. 솔과 함께 살던 솔의 어머니는 항상 밖으로 나돌아다니기를 좋아했다. 외가와의 사이도 좋지 않았기에 솔은 거의 방치되다시피 자라왔다. 솔의 아버지라는 사람도 별다를 것 없던 사람이었으며, 집을 나간 뒤 단 한 번도 솔을 찾아오지 않았다. 화목하지 않고 보편의 범주에서 상당히 벗어나 있던 솔의 가족은 솔을 홀로 남겼다. 있어야 할 자리에서 완전히 멀어진 보호자들은 솔에게 외로움만을 물려주었다. 솔은 아무도 위치를 모르는 무인도 위에 혼자 남겨진 생존자였다.

그런 솔의 섬에 처음 발을 디딘 사람이 바로 소희였다. 스물일곱. 동물원에서 일할 적에 만난 소희는 솔을 내버려두지 않고 함께 있어주었다. 돌고래 쇼를 진행하던 소희는 빛을 모르던 솔에게 빛을 주었고, 솔의 구원이 되었다. 소희는 가을볕만큼이나 부드러운 아이였다. 솔이 기댈 수 있을 만큼 단단한 사람이었다. 소희는 솔의 곁에 가장 오래, 그리고 가장 꾸준히 머무른 사람이었다. 솔이 가장 처음으로 사랑하게 된 사람이 소희였다. 처음 사랑을 들려주고, 처음 사랑을 말한 사람이 소희였다. 솔은 살아온 날들보다 솔과 함께할 날이 더 많기를 바랐다. 솔은 생의 마지막까지 소희의 얼굴을 볼 수 있기를 바랐다.

적어도 솔이 아는 한 소희는 밝은 사람이었다. 단순히 밝기만 한 사람이 아니라, 솔에게 빛을 넘치도록 담아주던 사람이었다. 그러나 이곳에서 만난 지금의 소희는 어딘가 달랐다. 얼굴이나 목소리는 달라지지 않았지만, 슬퍼 보였다. 소희는 슬프지만 그런 자신의 모습을 애써 드러내고 싶지 않은 것처럼 보였다.

조금 걸었을까. 멀리서 소희가 보였다. 진하고 눈부시게 만개한 노을빛에 소희의 검은 윤곽만이 보였다. 노을빛과 바다, 모래와 바람이 소희를 감쌌다. 그 안에서 소희는 바다를 바라보며 홀로 서 있었다.

날이 저문 탓에 찬바람이 살갗을 식혔다. 솔은 한기가 돌아 손으로 팔을 감쌌다. 손에는 피부의 감촉 대신 다시 부드러운 코트의 감촉이 느껴졌다. 솔은 소희를 바라봤다. 소희는 춥지도 않은 건지 여전히 원피스 차림으로 바다만 바라보고 있었다.

"어떻게 여기에 오게 된 거야?"

솔은 해가 지기 전에 한 질문을 다시 했다. 왠지 이번에는 대답을 들을 수 있을 것만 같았다.

"저기 코끼리, 네가 제일 좋아했던 동물이었잖아."

솔이 질문을 다 마치기도 전에 소희가 바다를 가리키며 말했다.

"그렇지."

"그래서 솔이 네가 동물원에서 일할 때도 코끼리를 돌보기도 했고. 덕분에 그때 나도 코끼리만 엄청 봤잖아. 가서 네가 일하는 것도 구경하고."

"내가 너 일하는 모습도 구경 가고."

바다를 바라보던 솔이 소희의 회상에 뛰어들었다. 소희는 옅은 미소를 지으며 솔을 바라봤다. 무해하고 상냥한 미소. 그 어떤 대가를 요구하지 않는, 단지 솔이라는 사람을 좋아하기에 지을 수 있는 미소이자 솔만이 볼 수 있는 미소. 소희는 웃을 때면 항상 맑은 표정으로 솔을 바라봤다.

솔은 소희의 미소가 좋았고, 미소의 의미가 좋았다.

"여기 뒤에 있는 숲 정도였나. 코끼리 우리랑 돌고래 쇼장 사이에 대나무 숲이 있었잖아. 돌아서 가기에는 너무 멀길래 항상 다른 사람들 몰래 가로질러서 갔는데."

"그랬지. 그때는 시간이 없어도 어떻게든 쪼개고 쪼개서 같이 바다도 보러 가고, 어떻게든 함께 있었지."

소희는 다시 바다를 바라봤다.

"지금도 함께 있잖아."

솔은 소희의 손을 부드럽게 잡았다. 소희의 작은 손이 솔의 크고 따뜻한 손안에 포개어졌다. 솔의 반지를 슬쩍 쓰다듬는 소희의 엄지가 손가락을 간질였다. 솔은 소희의 얼굴을 찬찬히 바라보았다. 쌍꺼풀이 없는 눈과 오뚝한 코, 희고 작은 얼굴과 긴 생머리. 소희는 여전히 예뻤다. 솔은 소희만 바라보면 저도 모르게 늘 작게라도 미소가 지어졌다. 소희도 다시 솔을 바라보며 미소 짓다 바다로 시선을 옮겼다.

"여기 우리가 전에 놀러 간 바다랑 좀 비슷하지 않아? 그 바다는 아니긴 한데."

소희가 솔의 손을 슬쩍 놓으며 말했다. 소희는 솔의 반대편으로 한두 걸음 옮겨갔다. 두 사람 사이에 찬바람이 들어

왔다.

"그때 바다도 참 예뻤고 솔이 너도 참 예뻤는데."

솔은 쑥스러워 멋쩍게 미소 지으며 고개를 숙였다.

"그때 좋았지. 우리가 나중에 가기로 한 바다도 기억나?"

"당연히 기억하지. 이제 보니깐 거기도 여기랑 좀 비슷하다. 야자수도 많고 바닷물도 맑고."

소희가 코를 훌쩍였다.

"한번 가보고 싶었는데."

소희가 손가락으로 코를 훑으며 미소 지었다. 그러나 미소 짓던 입술과 반대로 소희의 눈가가 조금 촉촉해져 있었다.

솔은 반사적으로 알아차렸다. 잠시나마 환히 피었던 소희의 얼굴과 말에 우울함이 다시 떠올랐다.

"너 무슨 일 있어?"

불안감이 솔의 머릿속에 퍼지기 시작했다.

"솔아, 내가 없어도 잘살 수 있지?"

소희는 솔에게 미소 지으며 말했다. 방금까지의 미소와는 다른 미소였다. 미소와 거리가 먼 감정을 감추려는 미소. 소희의 갑작스러운 질문에 솔이 소희의 두 손을 꽉 쥐었다.

이별에 관한 인터뷰

"잘살 수 있는 거지?"

소희가 재차 물었다.

"그게 무슨 소리야? 없긴 왜 없어. 지금 네가 내 눈앞에 있는데. 무서운 말 하지 마."

슬픔을 애써 감추는 것만 같은 표정. 밝게 미소 짓던 소희의 얼굴에 다시 이유 모를 슬픔이 떠오르는 것만 같았다. 소희의 말에 솔은 불안했고 참을 수 없었다. 솔은 소희의 손을 더 세게 움켜쥐었다. 절대 놓을 수 없게, 자신마저 놓지 못하게. 소희가 손을 빼내려 했지만, 그럴수록 솔은 더욱 놓을 수 없었다. 솔은 한없이 불안하고 불안했기에, 이렇게 소희의 손을 놓친다면 다시는 소희의 손을 잡을 수 없을 것만 같았다. 두려웠다. 한 번도 느껴보지 못했고, 느끼고 싶지 않았고, 어쩌면 생에 단 한 번만 느낄 수 있을 두려움. 솔은 소희를 바라봤다. 소희의 얼굴을 바라봤다. 소희의 표정은 여전히 어떤 슬픔에 물들어 있었다. 애써 드러내지 않았기에 더욱 불안해지는 슬픔. 소희는 솔과 눈을 맞추더니 이윽고 고개를 숙이며 미소 지었다.

"아니야. 아무것도."

"아니긴 뭐가 아니야. 무슨 일 있지? 왜 말을 안 해."

소희가 뭔가를 숨기고 있다는 확신이 들었다. 솔은 무섭고 불안한 감정에 휘둘려, 자신도 모르게 목소리가 떨렸다. 소희가 등을 돌려 도망치려 했다. 솔은 소희의 어깨를 붙잡고는 자신과 마주 보게 소희를 돌렸다.

"빨리 말해. 왜 그래, 갑자기."

"여기가 어디냐고 물었지?"

소희가 자신의 어깨를 붙잡은 솔의 양손을 잡아 풀었다. 솔의 양팔엔 여전히 힘이 들어가 있었다. 그러나 그것은 의식적인 힘보단 경직에 가까웠다.

"여긴 너야."

날이 밝아왔다. 어디선가 프로펠러 소리가 들려왔다. 이윽고 머리 위 어딘가에서 강한 바람이 불어왔다. 불어오는 바람은 바닷바람보다 세차고 차가웠다.

"여기가 왜 나야? 그게 무슨 뜻이야?"

솔은 불어오는 바람 따위는 안중에도 없다는 듯이 소희만을 바라봤다.

"그러니깐 나는 어디 안 가. 내가 눈앞에서 사라져도, 나는 어디로 가버린 게 아닌 거야."

이별에 관한 인터뷰

소희는 솔의 왼손을 살짝 잡았다.

"꼭 살아야 해, 솔아."

소희는 등을 보이며 솔과 멀어졌다. 솔은 소희를 붙잡으려 했지만, 갑자기 걸음을 마음대로 제어할 수 없었다. 다시 기울어지고, 휘청거렸다. 의지만큼 두 다리가 움직이지 않았다. 갑자기 온몸이 으스러진 것처럼 아팠다. 소희는 멀어지고 멀어져, 어느샌가 사라졌다. 더는 보이지 않았다. 그때 바닷가로 밀려온 소주병 하나가 솔의 발등을 건드렸다. 솔은 허리를 숙여 소주병을 잡으려 했다. 소주병을 잡으려는 순간 정신이 아득해지는 것만 같았다. 다리에 힘이 풀려 주저앉고 말았다. 솔은 소주병을 쥐고선 응시했다. 바라볼 이유가 없었고 바라보고 싶지도 않았지만, 바라보고 있었다. 바다에서 밀려온 소주에 불이 붙기 시작했다. 소주병에서 등유 냄새가 났다.

기억 하나가 되살아났다. 전소된 건물의 기억. 화염에 물들어 모든 색과 빛이 검게 그을린 건물이었다. 솔은 기억에 잠겼다. 솔은 전소된 건물을 향해 달리고 있었다. 그러나 이름 모를 손들이 솔을 가로막고 있었다. 솔은 그곳에서도 마음대로 움직일 수 없었다. 그 사이, 솔은 자신을 가로막는 손들 너머에서 축 늘어진 누군가의 손을 봤다.

그러다 문득, 소주병에 반사된 자신의 모습이 보였다. 솔은 놀라 자신도 모르게 소주병을 내동댕이쳤다. 그러다 솔은 거울을 발견했다. 거울은 어디선가 갑자기 생겨나서, 모래사장 위에 비스듬히 세워져 있었다. 거울로 다가갔다. 솔은 거울을 쳐다보며 한참을 앉아 있었다. 거울 속 자신의 얼굴을 쳐다보고 있었다. 프로펠러 소리가 점점 더 가까워지고 있었다. 이에 비례해 바람은 더 세차게 불었다. 바람은 솔의 옷과 살갗을 둔탁하게 때렸다. 온몸의 고통이 더 심해지고 있었다. 차마 비명조차 지를 수 없는 고통이었다. 움직일 수 없었다. 솔은 그대로 쓰러졌다. 눈앞의 모든 불이 꺼졌다.

솔은 다시 눈을 떴다. 그러다 감았다. 의식의 섬광이 켜졌다 꺼지기를 반복했다. 그러는 도중 솔은 자신이 들것으로 옮겨지고 있다는 사실을 깨달았고, 자신의 몸을 마음대로 움직일 수 없다는 사실을 깨달았다. 그 사이에 솔은, 자신의 주위를 둘러싸고 바삐 움직이던 사람 중 한 명이 '60대 노인이 산 정상에서 투신해 출혈과 골절이 심하다'는 식으로 다급히 설명했다. 이후로는 아무것도 감각할 수 없었고, 당연하게도 아무런 기억조차 남아 있지 않았다.

솔이 눈을 뜰 수 있었던 건 그로부터 오랜 시간이 지난 시점이었다. 솔은 희미하게 눈을 뜨고 감기를 반복했다. 이 윽고 눈을 온전히 뜰 수 있게 되었고, 그와 동시에 의식이 어느 정도 돌아왔다. 그러나 몸은 여전히 돌아오지 않았다. 솔은 자신의 육체를 느끼기 시작했다. 늙고 활기를 잃은 몸. 온몸 구석구석을 매운 주름과 닳고 닳은 손톱과 발톱.

솔은 노인이었다. 오래 걷는 것이 버거울 만큼 약해진 노인. 솔은 병상 위에 누운 상태로 주위를 둘러봤다. 침대는 창가 바로 옆에 놓여 있어 겨울의 한기가 조금씩 밀려들어 왔다. 주위엔 침대 세 개가 더 보였지만 방 안에 사람은 솔 뿐이었다. 방 안은 조용했고 창밖에서 햇살이 들어왔다. 고요하고 잔잔한 낮이었다. 노인은 시계를 봤다. 시계는 열한 시를 가리키고 있었다. 솔은 시계 아래에 걸린 달력으로 시선을 옮겼다. 가을이었다.

시선을 천장에 고정하고 솔은 생각했다. 솔이 기억하는 대로라면 소희는 이미 죽은 사람이었다. 솔이 치매에 걸린 것이 아니라면, 그것은 명백한 사실이었다. 너무도 명확해서 선명하게 기억할 수 있는 사실이었다. 솔은 소희의 시신을 두 눈으로 봤으니깐. 방화로 인한 질식사. 신문과 사람들이 공식적으로 말하던 소희의 사인이었다. 누군가 소희 혼자 있던 집에 화염병을 던졌고, 불이 진화되기 전에 모든 참상이 벌어졌다. 몸이 약해질 대로 약해져 누워만 있던 소희는 도망치지도 못한 채 불길에 휩싸였다.

소방차 한 대는커녕 승용차 한 대도 진입하기 어려운 높은 곳에 솔과 소희의 집이 있었다. 달동네로 불리던 두 사람의 집은 그만큼 험지에 자리 잡고 있었다. 누구도 쉬이 시선을 주지 않는 사각지대. 얼마 지나지 않아 범인이 검거되었고, 죄인은 송치되던 도중 '늙다리들 꼴 보기가 싫어서 불을 질렀다'라고 당당히 소리 질렀다. 사건은 근래 들어 간혹 발생하던, 단순한 노인혐오 범죄 중 하나로 기억되었다. 단순한 노인혐오 범죄. 솔이 생각하기에, 이 사건을 '단순하다'라고 말하기에는 이후 솔의 삶은 아주 복잡하게 구겨졌다. 결과의 무게는 지독하게도 무거웠고, 도저히 버틸 수 없을 만큼 버거웠다.

사건 이후 사람들의 시간은 사건 이전처럼 흘러갔다. 오직 솔 한 사람만 제외하고. 솔의 시간은 여전히 봄 안에 갇혀 있었다. 죽어가던 마음과는 별개로 손안의 돈은 부족했고, 몸은 약해져만 갔다. 자녀라는 사람들은 솔의 부모처럼, 언제부턴가 연락이 닿지 않았다. 한 달 살기도 막막하던 그런 삶의 유일한 이유이자 책임져야만 했던 존재가 소희였다. 그러나 소희는 사라졌다. 그렇게 여름과 가을이 지났고, 겨울이 왔다. 1월의 찬바람을 버티지 못한 솔은 절벽 위에 섰다.

솔은 창밖을 바라봤다. 불 꺼진 방 안을 햇살이 잔잔하게 메우고 있었다. 솔은 바닷가에서 만난 소희를 생각했다. 그 바다는 어디였을까. 젊었을 때 소희와 간 곳이었을까. 가고 싶었던 곳이었을까. 꿈이었으려나. 그러나 그곳이 꿈이든 어디든 중요하지 않았다. 솔은 눈을 감았다. 여전히 현실처럼 느껴지는 꿈이 다시 그려졌다. 상냥하게 웃던 소희가 기억났다. 가장 아름다운 시절의 소희. 다시 볼 수 없을 소희. 소희. 이곳에서 소희를 기억하는 이는 이제 솔, 단 한 사람뿐이었다.

"꼭 살아야 해."

솔은 눈을 감은 채로, 소희가 자신에게 건넨 마지막 말을 미약하게 읊조렸다. 다시 눈을 떴다. 창밖을 바라봤다. 햇살은 여전히 선연했다. 줄기만 남은 나무가 겨울이 끝나길 기다리고 있었다. 옅은 겨울 햇살은 이불과 손등 위로 스며들었다. 솔은 창밖을 바라보다 소희를 기억했다. 소희는 이제 이곳에 존재하지 않았다. 스며드는 햇살처럼 두 눈으로 직접 바라볼 수 없었다. 솔은 소희를 기억하며 생각했다. 죽음은 소희에게서의 이별. 더는 소희를 기억할 수 없는 길. 소희가 보이지 않아도, 소희는 어딘가로 가버리지 않았음을. 끝내 살아내야 함을.

이별에 관한 인터뷰

2호선

한소현

2호선 한소현.

소현의 친구들이 소현에게 지어준 별명이었다. 홍대에서 성수까지, 성수에서 홍대까지. 매일 아침과 저녁, 같은 시간마다 소현은 지하철에 몸을 실었다. 매일 집에서 직장까지 왕복 1시간 정도를 지하철에서 보내던 소현의 시선은 언젠가부터 매번 한 사람에게 꽂히곤 했다.

검은 셔츠에 검은 슬랙스. 소현은 처음에 저승사자를 본 줄 알았다. 아니면 장례식에 간다든가. 하지만 이름 모를 그는 매일같이 똑같은 차림으로 소현과 같은 성수역에서 내렸고, 같은 시간 다시 성수역에서 지하철에 올랐다. 뭐, 소현이 지하철에서 매일 보게 되는 사람은 한둘이 아니었다. 반소매 셔츠에 배낭을 멘, 배 나온 중년 아저씨부터 빨간 등산

이별에 관한 인터뷰

복에 고글을 쓴 산악회 할머니까지. 하지만 누군가에게 매일같이 시선이 꽂힌 건 처음이었다.

이쯤에서 하나 짚고 가야 할 사실. 소현은 누구보다도 적극적인 사람이었다. '2호선 한소현'이라는 별명을 지어준 친구들 모두 소현이 먼저 다가갔기에 사귈 수 있던 친구들이었고, 그의 과거 애인들 또한 모두 소현의 적극적인 대시로 이어진 인연이었다. 여기에서도 소현은 머뭇거리기보다는 다가가기를 택했다. 왜 이 사람이 자신의 시선에 꽂힌 건지 궁금했으니깐. 겁 없고 당당한 소현. 소현의 선택은 이야기의 빠른 전개를 도와주고 있었다.

"저는 한소현이에요."

소현은 최대한 사이비 종교 신도로 보이지 않을 대사를 생각해냈다. 하지만 뜬금없고 경계심을 심어주는 상황이기는 매한가지였다. 아니나 다를까 검은 옷차림의 그는 난데없는 상황에 이게 무슨 뜬금없는 상황이냐는 눈빛으로 소현을 쳐다봤다.

"그래서요?"

"죄송합니다."

역시나 대책 없었나. 소현은 그의 눈빛을 보고선 오르지 못할 나무 같아 빠르게 포기하고 돌아섰다. 마침 지하철은 성수역에 도착했기에, 소현은 빠르게 사람들을 헤집고 역으로 빠져나왔다.

"잠시만요."

뒤에서 들려온 그의 목소리.

"같이 가요."

이번에는 소현이 뜬금없다는 눈빛으로 그를 쳐다봤다.

두 사람은 한동안 말없이 걸었다. 소현의 직장까지는 성수역에서 걸어서 약 10분. 소현은 부지런했기에 직장까지 서둘러야 하는 경우는 거의 없었다. 이 남자도 마찬가지인 걸까. 서둘러 걷는다거나 은근히 눈치를 주지는 않았다. 하기야, 자기가 먼저 같이 가자고 해놓고는 눈치를 주면 그건 그거 나름대로 코미디겠지. 하지만 소현은 은근히 어색하고 눈치가 보여 그를 힐끔힐끔 쳐다봤다. 소현은 무슨 말을 걸어야 좋을까, 하는 생각을 하며 남은 시간을 확인했다. 8시 50분. 아직 여유로웠다.

"혹시 어느 쪽으로 가세요?"

이별에 관한 인터뷰

정적을 깨려 소현은 호구 조사 형식의 질문을 건넸다. 직장이 어디냐고 묻고 싶었지만, 혹시나 직장이 없으면 어쩌나 하는 마음에 소현은 에둘러 물었다.

"저도 소현 씨랑 비슷해요."

비슷하다니. 이 남자는 내가 어디로 가는지 다 꿰고 있었던 걸까. 스토커인 걸까. 그러나 스토커치고는 소현만큼 당돌해 보였다. 예의 발라 보이기도 했고.

"이름이 뭐예요?"

"수현. 김수현이요."

얼굴값을 하는 이름이었다. 배우 김수현만큼이나 그는 잘생겼다고 소현은 생각해왔으니깐.

"이름이 저랑 비슷하시네요. 현자 돌림에 초성도 같고."

"그러게요."

"수현 씨는 근데 제가 어디로 가고 있는지 어떻게 아세요?"

"저는 소현 씨 자주 봤거든요."

자주? 아는 사람이었던가? 아무리 기억을 더듬어도 명확히 생각나는 순간은 없었다.

"정말 저 모르시겠어요?"

"네. 저는 잘…."

"저 되게 가까운 데서 일하는데. 바로 건너편이에요. K 커피라고."

아, K 커피. 그제서야 소현은 모든 퍼즐이 맞춰진 기분이 들었다. K 커피는 점심을 먹은 뒤 소현이 동료들과 자주 들르던 카페였고, 수현은 그곳에서 일하는 바리스타였다. 하지만 그곳의 수현은 늘 흰 셔츠에 갈색 앞치마 차림이었기에, 지하철에서의 수현과는 사뭇 다르게만 느껴졌다.

"아! 거기…."

소현은 놀라 잠시 뒷걸음쳤다.

"네, 거기."

수현은 크게 미소 지으며 K 커피가 있는 쪽을 가리켰다.

"이제 알아보시네요."

"옷차림이 달라서요. 그런데 왜 지하철에서는 그렇게 반응하셨어요? '그래서요'라니…."

"미안해요. 저도 모르게 그만. 저도 그땐 못 알아봤거든요. 근데 알아보겠더라고요. 가방에 달린 키링 보고서."

수현은 가방에 달린 키링을 가리켰다. 소현은 저절로 키링에 손이 갔다. 친구에게 선물 받은 판다 모양의 금속 키링

이별에 관한 인터뷰

이었다.

"기억하고 있었거든요. 매일 오시니깐, 기억이 안 날 수가 없었어요."

"아…."

놀라고 놀라던 대화 속에서 두 사람의 걸음은 소현의 직장 앞으로 당도했다.

"다 오셨네요. 들어가 봐요."

다음 날에도 수현을 마주쳤다. 이번에는 하고 싶었지만 당황해서 하지 못한 질문을 하리라 다짐하며 수현에게 다가갔다.

"저는 한소현이에요."

"그래서요?"

두 사람은 이제 농담까지 하는 사이가 되었다. 소현과 수현은 서로 깔깔대며 웃었다.

"근데 왜 매번 검은 옷차림이에요? 처음에 저승사자인 줄 알았어요."

소현은 수현이 길을 건너기 전 궁금했던 점을 물었다.

"아, 그거요? 그냥… 별 뜻은 없어요. 멋있잖아요."

"멋있어요?"

"네, 멋있어서요."

"에이."

소현은 수현의 팔을 툭 치며 거짓말 아니냐는 식의 반응을 보였다.

"진짠데. 제가 검은색을 좋아해서요."

"왜요?"

횡단보도의 신호등이 파란색으로 변했다.

"섹시하잖아요."

수현은 씩 웃더니 뒤돌아 길을 건넜다. 소현은 한동안 멈춰 서 수현을 바라봤다.

섹시하다니. 수현이 섹시하기는 했다. 검정 옷차림 때문일지는 몰라도, 수현은 키도 크고 피부도 희었다. 간혹 손등의 핏줄도 눈에 띄었다. 그래도 뭐라고 해야 할까. 모르겠다. 소현은 한동안 수현의 마지막 말이 떠올라 일에 집중할 수 없었다.

"번호 알려주실래요?"

이별에 관한 인터뷰

언젠가 함께 성수역으로 걸어가고 있을 때 수현이 소현에게 전화번호를 물었다. 자연스럽게. 이 인간 선수네. 하지만 소현은 거절하지 않았다. 내심 수현이 좋았으니. 뭔가가 시작되고 뭔가가 변할 것이라는 예감이 들었다. 그 예감이 소현은 마음에 들었다.

"네. 대신 뭐 해주실래요?"

"제 번호 드릴게요."

"좋아요."

소현과 수현은 웃으며 번호를 저장했다. 서로의 휴대전화를 건넬 때 두 사람의 손이 살짝 스쳤다.

얼마 가지 않아 두 사람은 사귀기 시작했다. 존댓말은 반말로 바뀌었고, 날이 쌀쌀할 때면 포옹하는 일상에 익숙해지고 있었다. 가끔은 수현의 집에서 소현이 자고 가기도 했고, 소현의 집에서 수현이 자고 가기도 했다. 하지만 수현은 일단 직장에 자신의 연애를 비밀로 하고 싶었는지 출근은 따로 하자고 했다. 당연히 자신의 연애를 누군가에게 드러내지도 않았다. 쉽게 말해 비밀연애였다. 소현은 조금 의아했지만, 수현이 좋았기에 구태여 딴지 걸지는 않았다.

"언제쯤 우리는 같이 손잡고 출근할 수 있을까?"

하지만 아쉽기는 했다. 함께 출근하고 함께 퇴근하는 일상. 소현은 자신의 모든 일상에 수현이 있길 바랐다. 그것이 비록 지겨운 출근길일지라도.

"조금만 기다려줘. 나 아직 조금 부담스러워서."

"알겠어."

수현과의 연애. 수현은 잘생긴 데다 인기도 많았다. 며칠에 한 번씩 누군가 번호를 묻기도 했고, 가끔은 여자가 돈이 많은가, 하는 식으로 주위에서 불쾌한 농담을 듣기도 했다. 그럴 때면 소현은 불안했다. 자신보다 더 예쁜 여자가 나타나 수현을 낚아채 가지 않을까, 수현이 자신을 버리지 않을까, 막연히 불안하고 두려웠다. 하지만 소현은 굳이 내색하지 않았다. 내색하면 그때부터 괜히 을의 연애를 시작하게 될까 봐.

하지만 그 결심은 얼마 가지 않았다. 수현을 놓칠 것만 같은 불안이 을의 연애를 시작하게 될까 두려운 불안을 이긴 순간이었다.

"솔직히 말할게. 나 너무 불안해. 너 나랑 연애하는 거 아무한테도 말하지 않는 것도 그렇고, 웬 이상한 여자들이 너한테 추근대는 것도 그래. 그냥 주변 사람들한테 우리 사귄다고 말하면 안 돼?"

하지만 수현은 이번에도 속 시원한 답변을 주지 않았다. 그저 나중에라는 말만 반복할 뿐이었다. 소현은 미칠 노릇이었다. 여전히 수현이 좋았지만, 동시에 수현이 싫었다. 애증이 얼마나 잔인한 감정인지 소현은 확실히 느끼고 있었다. 이전까지의 연애와는 달랐다. 지금껏 소현이 갑의 연애를 하고 있었다면, 이번에는 달랐다. 소현은 수현의 철저한 을이었다.

며칠 뒤, 함께 있던 수현에게 전화가 걸려왔다. 수현은 확인한 뒤 끊으려고 했다.

"그거 뭐야."

"스팸."

"이리 줘봐."

"너 나 못 믿니? 남의 전화 함부로 달라는 거, 그거 나쁜 습관이야. 사귀는 사이라도 달라질 게 없는 사실이라고."

"못 믿겠어. 이리 줘."

이리 달라는 말과 다르게 소현은 수현의 휴대전화를 낚아챘다. 김민규. 남자 이름으로 저장돼 있었지만 언제나 예감은 들어맞았다. 스팸은 무슨. 소현은 그대로 전화를 받았다.

"오빠, 언제 와요? 오늘 우리 집에서 자고 가요."

이거 지금 사랑과 전쟁에 나오는 클리셰지? 소현은 곧장 전화를 끊고 휴대전화를 바닥으로 집어던졌다. 그러고는 수현의 뺨을 때렸다.

"시발 새끼."

"미안."

"개자식아."

"미안."

하지만 소현의 분노는 사그라지지 않았고, 주위 사람들이 쳐다보든 말든 그간의 불안을 쏟아내듯 미친 듯이 화를 냈다. 그때 수현의 표정이 건조하게 변했다.

"아, 더는 못 하겠다."

"뭐?"

"나 원래 이런 사람이야. 모르고 시작한 네가 바보인 거지. 재미없게."

수현은 그 말을 남기고서 떠났다. 소현은 주저앉아 눈물을 훔쳤다.

소현은 더는 2호선을 타지 않았다. 2호선 한소현은 1호선 한소현이 되었다. 소현은 집과 직장을 모두 옮겼다.
더는 검은 옷차림의 누군가가 보이지 않았다.

손목에
타투 말이야

"손목에 타투 말이야. 언제 새겼다고 했지?"

지나가 내 손목을 어루만지며 물었다. 이미 말한 걸로 기억하지만 지나는 새삼스레 내게 물었다. 궁금해서 묻는 건 아닌 것 같았다.

"성인 되고서 바로 했지. 왜?"

"아니, 그냥."

"내가 이걸 왜 새겼는지 말했던가."

"말했어. 우리 만나고 좀 됐을 때쯤에. 흉터 때문에 새겼다고."

지독히도 잊고 있었다. 열일곱 살, 입학하자마자 겪은 아이들의 괴롭힘에 나는 속절없이 무너졌고, 무너진 나는 끊임없는 자기연민과 자학, 자해에 망가져만 갔다.

"덕분에 흉터는 안 보여서 좋네."

이별에 관한 인터뷰

지나는 흉터가 새겨진, 이제는 흉터 위에 타투가 새겨진 왼팔을 자신의 가슴으로 가져갔다.

"오늘은 좀 괜찮았어?"

괜찮냐는 말. 그날 이후로 나는 고통이나 불안 따위를 내색하지 않았다. 표현해봤자 아무도 기억하지 않으니. 더군다나 누군가 다가왔으면 해서 돋아낸 나의 불안이나 고통은 되레 그 누군가를 떠나게 만들 터이니. 그래서 나는 밝히기보단 감추기로 했고, 괜찮다는 말을 괜찮지 않은 마음 위에 덧칠했다. 나는 지나에게도 나의 고통과 불안을 말하지 않았다. 말할 수 없었다. 지나는 나를 지탱하는 최후의 사람이었고, 나는 그런 지나를 놓치게 될까 두려웠으니. 때문에 지나에게 아무것도 쉬이 털어놓지 못하던 미안함을 가슴에 묻어두고 있었다.

"괜찮아."

"근데 있잖아. 선우야. 죽지 마."

"죽지 마?"

"죽지 마. 죽으면… 죽여버릴 거야."

그 말을 하고서 지나는 풉, 하고 웃었다. 나도 지나를 보며 미소 지었다.

우울증은 늘 곁에 악마를 두고 살아가는 질환이었다. 그가 언제 내게 칼을 겨눌지, 그래서 언제 죽게 될지 불안케 했다. 어찌어찌 그런 처지에 익숙해진다고 해도, 결코 친해질 수는 없었다. 악마는 지나보다 가까이 존재했다. 문제는 그런 사실을 나뿐만 아니라 지나도 알고 있다는 점이었다. 지나는 내색하지 않았지만 늘 불안해했다. 지나는 그것을 숨기고 싶어 했지만 애석하게도 지나는 감정을 잘 숨기지 못하는 아이였다.

사랑은 당신의 미소를 갖는 동시에 당신의 불안을 품어내는 일. 그것이 지나의 마음일 테다. 나는 정말 자주도 최악의 모습을 지나에게 보였고, 그럴 때마다 지나는 애원하기도, 소리치기도, 화를 내기도 했다. 소동은 언제나 지나의 울음과 나의 후회로 마무리되었다.

'감내해야 해.'

언젠가 또다시 최악의 모습을 보였을 때 지나가 내게 건넨 말이었다. 너를 만나고 네게 밥 한 숟가락이라도 더 먹이려면 이런 나의 최악을 감내해야만 한다고. 지나는 그렇게 말하며 붉게 변한 두 눈을 손바닥으로 쓸었다. 너를 만나

행복하다고. 그러니 이건 행복의 대가라고.

"생각해본 적 있어?"

"뭘?"

"십 년 뒤에는 어떤 모습일지."

"십 년 뒤… 잘 모르겠네."

확신할 수 없었다. 앞서 말했듯 내 곁에는 악마가 도사리고 있었으니깐. 솔직히 말해 그에게 속아 넘어가고 싶었고, 그래서 십 년은커녕 일주일 뒤를 안심하고 지켜볼 수도 없었다. 또한 자학과 자해는 중독성 강한 행위였으니깐. 요즘에는 지나에게 좋지 못한 모습을 보이는 날의 빈도가 늘었다. 나의 죽음은 결국 지나의 죽음, 나의 고통은 곧 지나의 고통임을 알고 있음에도 그러했다.

"잘살고 있지 않을까. 너랑."

하지만 지나를 안심시키고 싶었다.

"있지, 선우야."

"응?"

"죽지 마, 선우야."

"…"

"부탁할게. 제발."

지나의 목소리는 점차 줄어들더니, 이내 지나는 흐느꼈다.

"왜 울고 그래. 안 죽어."

나는 지나를 꼭 안았다.

"나를 위해서 죽지 말라는 게 아니야. 너를 위해서 죽지 말라는 거야, 선우야."

"…"

"살아야지. 살아야 나랑 지내지. 살아야 밥도 먹고 웃을 수 있지. 그러니깐 죽지 마."

옆에 서 있던 악마가 보였다. 개자식. 지나의 표정을 보고 악마를 쳐다봤다.

"내일 바다 보러 가자. 눈 뜨자마자 가는 거야."

나는 지나의 눈을 응시하며 말했다.

수없이도 마주한 지나의 눈물이다. 수없이도 나 때문에 새어 나온 지나의 눈물. 지나와 함께 살 수 없다는 사실. 나의 죽음은 곧 지나와의 이별. 갑자기 심장이 쿵 하고 내려앉았다. 잃고 싶지 않았다.

쉽지 않겠지만 도망치자. 저기 저 악마로부터. 지나와 나

이별에 관한 인터뷰

를 저 악마에게서 떼어놓기로 하자.

"응. 그러자. 눈 뜨자마자 가야 해."

지나가 내 품으로 파고들었다.

바다는 맑았다. 바닷바람이 우리의 머리칼을 흩날렸다. 날이 좋았다. 모래사장은 햇빛을 반사해 우리를 밝혔다. 지나는 강아지가 된 것처럼 활짝 웃으며 이리저리 뛰어다녔다. 이렇게 좋아할 줄 알았더라면. 나는 지나에게 뛰어갔다.

지나야. 나는 네 곁에 있을 거야. 죽지 않고 곁에 있을 거야. 지나야. 언제까지고 네 이름을 부르며 살 거야. 네가 해주는 밥을 먹을 테고 네가 주는 웃음을 바라보면서 잠에 들테야. 그러니 우리 오래도록 함께 살자. 악마가 나를 속여도 끝까지 버텨볼게.

주위를 둘러보았다. 악마는 보이지 않았다.

이별에
관한
인터뷰

인터뷰는 이별에 관한 두 남자의 의견을 듣기 위해 진행되었다.

A는 이별 이후 이제 일주일이 지났을 뿐이고, B는 이별 이후 일 년 정도가 지났다. 이번 인터뷰의 목적은 이별 이후의 시간이 각자의 사람에게 어느 정도의 차이를 만들어내는지를 알기 위해 진행되었다. 나는 이 인터뷰의 주최자이자 진행자다. 모든 인터뷰 과정은 비치해둔 녹음기에 기록되었다.

"이별한 지 얼마나 되었나요?"

첫 번째 질문.

"일주일 됐습니다."

A는 잠시 머뭇거리다 잠긴 목소리로 대답했다.

"일 년 정도 지난 것 같습니다."

이별에 관한 인터뷰

이와 반대로 B는 덤덤히 대답했다. 어제 먹은 저녁 메뉴를 말하는 것처럼.

"두 번째 질문입니다. 현재 기분을 말해주시면 됩니다."

"저는 별생각 안 들어요. 시간이 약인 건지."

B는 역시나 무덤덤한 표정으로 대답했다.

"얼마나 슬픈지 말해줄 수 있나요. 1에서 10 사이에서 어느 정도인지로 나타내서."

"1? 괜찮아요, 저는."

"A 씨는 어떤가요."

"아직 힘들어요. 일주일밖에 안 됐잖아요. 힘든 게… 어찌 보면 당연하죠. 9 정도로 힘든 것 같아요."

"다음 질문입니다. 지난 연애에서 가장 기억에 남는 순간을 말해주세요. A 씨 먼저."

여러 질문을 준비하며 가장 기대되는 질문 중 하나였다.

"고백했을 때요. 정말 떨렸거든요. 그래도 무턱대고 질렀어요. 그만큼 좋았으니깐."

"어쩌다 고백하게 되었죠?"

"같이 밤길을 걸었어요. 선선한 바람이 불었죠. 심장 소리가 들리지 않을까 싶을 만큼 심장이 크게 뛰었어요. 그러다… 고백했죠. 그 사람이 정말 예뻐 보였거든요. 그럴 수밖에 없었어요."

누구나 겪을 수 있는 가장 긴장되고 설레는 경험이었을 테다. 많은 인연이 그렇게 시작되니깐.

"B 씨는요?"

"저도 비슷해요. 장소랑 시간만 달랐을 뿐이지. 바다에 같이 여행 갔다가 제가 고백했어요. 그때는 예뻐 보였으니깐."

지금은 달라 보이는 걸까.

"더는 그렇게 보이지 않아서 이별했나요?"

"네. 콩깍지가 벗겨진 거죠. 사랑에 빠지면 그 사람은 내게 연예인과 다를 바 없어 보이니깐. 그곳에서 빠져나오면 콩깍지에서도 빠져나와요. 그 사람도 마찬가지였을 거예요."

콩깍지. 매정한 단어였다. 사랑이 더는 사랑처럼 느껴지지 않을 때 콩깍지는 벗겨진다. 사랑이 끝나는 순간에 떠나는 애정과 다르지 않다.

"네 번째 질문이에요. 누가 먼저 이별을 말했나요?"

"제가 차였어요."

A는 고개를 떨구었다.

"왜 차였나요."

잔인한 질문이라고 순간 생각했다.

"성격 차이였나 봐요. 이런저런 사소한 일로 몇 번 다투었는데, 그 사람은 그게 쌓이고 쌓였나 봐요. 더는 못 참겠다며, 우리는 맞지 않는다며 그만하자고 말하더라고요. 그래서 그렇게… 끝난 거죠."

"저는 제가 헤어지자고 말했어요."

"이유가 뭐였나요."

"감당하기 힘들었어요. 자꾸 서운하다고 말하더라고요. 저는 정말 잘하려고 최선을 다했는데, 하루가 멀다고 서운하다고 말하더라고요. 그래서… 언젠가부터 콩깍지가 벗겨졌죠. 지쳤어요."

연인이 자주 다투는 주된 이유였다. 남자는 노력하지만 여자는 여전히 서운한. 나는 그 이유가 그저 성향 차이 때문이라고 생각했다. 자꾸만 사랑을 확인받고 싶은 여자와 매번 사랑을 말했음에도 자꾸만 요구받기에 지쳐버린 남자. 누구의 잘못도 아니었다.

"다섯 번째 질문입니다. 그 사람이 한 말 중 가장 기억에 남는 말이 있나요?"

사랑했다면 당연히 있을 터였다. 개인적으로, 없다면 사랑이 아니라고 생각했다. 적어도 '사랑해'라는 말 한마디라도 기억이 나야 한다고 생각했다.

"제가 먼저 답해도 될까요."

질문이 끝나자마자 A가 번쩍 손을 들었다. 질문을 듣자마자 생각나는 순간이 있는 것 같았다.

"네, 그러시죠."

"처음 함께 여행을 떠난 날이었어요. 날씨도 좋고, 싸우지도 않았죠. 완벽한 여행이었어요. 여행이 끝나고 집에 바래다주던 길이었어요. 그 사람이 말하더라고요. 여행을 가서 행복했지만, 제가 많이 웃어서 자기는 그게 더 좋았다고. 그 말이 아직도 기억나요. 그 사람이 저를 좋아한다는 사실이 체감되었으니깐."

"저도 하나 있어요. 헤어질 때쯤이었어요. 그러니깐, 이별하기 1분 전 같은. 그 사람이 말하더라고요. 저를 만나서 행복했다고. 그런데 이제는 지친다고. 여전히 사랑하지만, 이제는 힘들다고. 애증은 사랑이 아닌 것 같대요."

"아…."

"그게 마지막이었고, 그래서 아직도 기억나나 봐요."

'애증은 사랑이 아니다'라는 말. 애증은 잔인한 감정이라고 생각했다. 사랑하는 만큼 싫어진다면 많이도 괴로울 테니. 마음 놓고 좋아할 수 있는 상황이 아니라면 말이다.

"다음 질문이에요. 그 사람을 좋아하면서 불안했던 적이 있었나요?"

"헤어질까 봐요."

두 사람은 동시에 같은 말을 했다.

"왜 헤어질까 두려웠나요."

"모두가 이별을 두려워하지 않을까요."

A가 확신에 찬 듯한 어투로 대답했다.

"사랑하니깐. 사랑하면, 그동안 두렵지 않던 저의 죽음조차 두려워져요. 더는 그 사람을 만날 수 없을 테니. 사랑하는데 헤어지길 원하는 사람은 거의 없죠. 아니, 아예 없을 거예요."

"저도 마찬가지예요. 저도⋯ 헤어지고 싶지는 않았죠."

"헤어지고 싶지 않았다니요. 자세히 말해줄 수 있나요."

"사랑했어요. 지쳤을 뿐이죠. 콩깍지가 벗겨졌다는 것도 사실 핑계죠. 제가 더 노력했다면, 제가 이해심이 더 많았더라면 헤어지지 않았겠죠."

"그 사람도 그렇게 생각했을까요."

"모르겠어요. 그래도 펑펑 울더라고요. 그런 걸 보면 저와 헤어지는 걸 원하지는 않았겠죠."

"그렇다면 왜 헤어졌나요."

"더는… 우리를 망치고 싶지 않았거든요."

B는 연속된 질문에 답하며 심경의 변화가 생긴 모양이었다. 그의 대답에서 슬픔이 감돌았다. 어쩌면 후회하는지도 몰랐다.

"다음 질문이에요. 많이 사랑하셨나요?"

"많이 좋아했죠. 아니, 사랑했죠."

확실했다. B는 후회하고 있었다.

"정말 좋아했어요. 최선을 다했으니깐. 확신하죠."

A의 대답에서 어떤 힘이 느껴졌다. 더는 그의 목소리가 힘없이 구부러지지 않았다.

"'최선을 다했다'라."

"온 마음을 다해, 체력이 다할 때까지 좋아했으니깐. 행복했죠."

"정말 최선을 다했네요."

"이제… 미련은 없어요. 그런 것 같아요."

A의 표정에서 미소가 보였다.

이별에 관한 인터뷰

"다음 질문이에요."

인터뷰는 점차 유의미한 답변들을 도출해내고 있었다.

"그 사람에게 하고 싶은 말이 있나요?"

(변하는 게 여실히 드러남)

"이제는 없어요. 하나 있다면, 많이 좋아했고, 잘 지냈으면 좋겠다? 그것 말고는 없어요."

A는 정말 홀가분해 보였다. 이제는 과거에 머물러 있지 않은 것처럼.

"저는 있어요."

A와 달리 B는 하고 싶은 말이 많아 보였다.

"보고 싶다는 말이 하고 싶어요. 내가 미안했다고. 정말 좋아했다고. 그러니 한 번만 더 만날 수 있으면 좋겠다고."

"마지막 질문이에요."

나는 잠시 머뭇거렸다.

"그 사람이 그립나요?"

B는 흐느끼기 시작했다.

"네. 정말로."

A의 표정은 변함이 없었다.

"아니요. 최선을 다했으니깐. 더는 미련 없어요."

"수고하셨습니다. 오른쪽 문으로 나가시면 됩니다."

나는 녹음기를 끄고서 왼쪽 문으로 나갔다.

유의미한 결론이 도출되었다. 최선을 다해야만 했다. 그
래야만 과거에 머무르지 않고 내일을 살아갈 수 있다. 그러
지 않는다면 누군가는 후회를 한다. 후회하지 않고 슬퍼하
지 않으려면 최선을 다해야 한다고 생각했다.

퇴근하면서 아내에게 전화를 걸었다.

"별일 없었어?"

"응. 별일 없었지. 자기는?"

"나도."

잠시 침묵이 오갔다.

"하고 싶은 말이 있어."

"뭔데. 이상한 말 아니지?"

"그런 거 아니야."

가을의 저녁 공기가 부드럽고 시원했다.

"그냥… 사랑한다고."

최선을 다하기로 했다.

그럴 일
없을 거야

민정은 재현을 끌어안았다.

"헤어지기 싫어."

"그럴 일 없을 거야."

얼마 뒤 우리는 헤어졌다.

"그럴 일 없을 거라며. 헤어지지 않을 거라며. 거짓말이었던 거야? 어떻게 그래."

재현은 간신히 울음을 참으며 애원했다. 재현의 두 눈이 붉게 달아올랐다.

"미안. 그래도 헤어져야 해."

"왜. 대체 왜 그러는데. 내가 잘못한 게 있으면 얘기를 해."

"너를 위해서. 너를 위해서라도 그래야 해."

"대체 뭐가 나를 위해서인데. 나를 위해서라면 우린 함께 해야지. 나를 위해서라면 너는 절대 그런 말 하면 안 된다고."

민정이 옷소매로 흐르는 눈물을 닦았다.

"재현아. 다 알아. 너 나 때문에 무리해가며 사는 거, 다 알고 있어."

재현은 당황하며 자신도 모르게 민정의 어깨를 붙잡았다.

"우린 너무 부족해. 돈이든 시간이든 감정이든. 나도 뭐가 맞고 틀렸는지 모르겠어. 그런데 이것만큼은 알겠다. 여기서 그만하자."

근래에 들어 두 사람의 사이는 자주 삐걱댔다. 민정과 재현은 바빴고 빠듯했다. 그렇기에 서로에게 시간을 내기에도, 돈을 쓰기에도, 감정을 소모하기에도 여력이 없었다. 필요한 모든 비용을 감내하기에 둘의 연애는 사치였다. 재현과 민정에게는 두 사람의 연애만큼, 아니 어쩌면 그 이상으로 중요한 일이 쌓여 있었다.

일주일에 엿새를 일했다. 등록금과 생활비는 흔히 농담처럼 소비되던 대학생의 비애였지만, 실제로 그것을 감당케 된 두 사람에게는 그것이 더는 농담이 아니었다. 어떤 날은 서빙을, 어떤 날은 과외를, 어떤 날은 어떤 일을. 두 사람의 하루는 학업과 일로 밀도 높게 채워져 있었다. 두 사람의 만남은 기적에 가까웠다.

일상을 점철한 학교 밖에서의 과제들에 두 사람은 지쳐 있었다. 그럼에도 지난한 일상이 민정과 재현에게서 연정을 빼앗을 수 없었다. 그래서 사랑했다.

"부족하지 않아. 노력하면 돼."

"솔직히 처음부터 예상했어. 이렇게 될 거라고. 재현이 너도 알고서 시작한 거잖아."

"알고서 시작했지. 그만큼 좋아했으니깐. 내가 얼마나 힘들건, 그걸 이겨내서라도 너랑 같이 있고 싶었으니깐."

"나도 그랬어. 그래도 이제는 아닌 것 같아. 지쳤어. 너무 멀리 가기 전에 여기서 끝내자."

"날 사랑하기는 했어?"

"왜 그래. 당연히 사랑했지. 아니, 사랑하지."

"그런데 왜…"

"말했잖아. 더는 무리하고 싶지 않아. 며칠 전에 네가 쓰러져서 실려 간 날 결심했어."

"난 괜찮다니깐. 괜한 걱정하지 마."

"아니야."

며칠 전의 일이었다. 재현은 무리하며 일하다 과로로 쓰러졌다. 언젠가 터질 일이었다. 며칠 전부터 전조는 있었다. 민정 앞에서 코피를 흘렸다든가, 자신도 모르게 늦잠을 자 일을 나가지 못했다든가.

의사는 재현에게 무리해서는 안 된다고 말했다. 민정은 옆에 앉아 의사의 말을 여과 없이 모두 들었다. 그때 민정은 결심했다. 다시는 재현을 무리시켜서는 안 된다고. 자신과 계속 만난다면 재현은 앞으로 다시 쓰러질 수도 있을 거라고. 아니, 어쩌면.

결코 꺼내고 싶지 않은 말이었다. 관계를 무너뜨릴 말이었으니깐.

민정은 여전히 재현을 사랑했다. 재현도 마찬가지였다. 하지만 두 사람을 위해서 두 사람은 헤어져야만 했다. 민정

그럴 일 없을 거야

은 그리 결심했다.

　재현은 결국 울었다. 참으려 했기에 더욱 애달파 보이는
눈물. 민정도 덩달아 울었다. 재현은 민정을 끌어안았다.
　"울지 마."
　"어떻게 안 울어."
　재현의 목소리는 떨리고 있었다.
　"그만해. 없었던 일로 하자. 없었던 거야. 다시 평소처럼
만나자. 부탁할게. 제발."
　"미안."
　"제발."
　민정의 뜻은 확고했다.
　"갈게."
　그렇게 끝났다.

：

　삼 년 뒤였다.

재현을 다시 만났다. 재현은 여전히 혼자인 것 같았다. 하지만 더는 예전처럼 일과 돈에 치이며 지내지는 않는 것 같아 보였다.

"민정아."

재현은 여전히 웃으며 나를 반겼다. 웬일이냐며, 보고 싶었다고. 여전히 나를 사랑하는 것만 같은 착각이 느껴졌다. 하지만 착각이 아니었다. 대화를 나누는 도중 말과 행동에서 모두 느껴졌다.

"엄청 반갑다. 잘 지냈어?"

잘 지냈어야만 했다고 생각했다. 나 때문에 여전히 아파하지 않았으면 했다. 다행히도 재현은 미소 지었다.

"잘 지냈어. 재현이 너는 잘 지냈지?"

"응, 잘 지냈어."

잠시 우리 사이에 공백이 흘렀다. 그러나 삼 년 동안의 공백만큼 오래가지는 않았다. 이런저런 대화를 했다.

"우리 예전에 여행 간 날 기억나?"

"기억나지. 우리가 여행을 한 번밖에 안 갔으니깐. 강릉이었나."

"맞아, 강릉. 기억하는구나."

바쁜 시간에 없는 돈 쥐어짜내 처음이자 마지막으로 떠난 여행이었다. 짠내 가득한 추억. 하지만 그날은 지금 생각해도 여전히 행복한 날로 기억되었다.

"행복했잖아. 그치."

재현의 눈빛은 나도 재현처럼 추억했으면 좋겠다고 간절히 바라는 듯했다. 자신의 추억이 바래지지 않았으면 하는 마음에서.

"행복했지. 다 기억해, 무슨 일이 있었는지. 사진도 많이 찍었고."

"그때 찍은 사진들, 아직도 가지고 있어?"

모두 지우고 버렸다. 계속 가지고 있으면 다시 보고 싶어질까 봐. 우리를 위해서 단호해져야만 했다. 대답하지 않았다. 다시 정적이 흘렀다.

"다시 만나자."

갑작스러웠다. 재현은 내 손을 덥석 잡더니 우리가 헤어질 때쯤의 눈빛을 다시 보였다. 나는 황급히 재현에게서 손을 빼냈다.

"미안."

이별에 관한 인터뷰

재현도 당황하는 듯했다.

"나 좋아하는 사람 있어."

거짓말이었다.

"아…."

재현과 나를 위해서였다. 너를 다시 좋아해서는 안 돼. 제발 그래서는 안 돼. 더는 재현을 아프게 하고 싶지 않았다. 헤어지던 날 집으로 가는 길에 기도했다. 부디 재현이 행복했으면 좋겠다고. 내가 없는 세상에서 지내며 늘 행복했으면 한다고. 더는 내가 재현의 삶에 존재해서는 안 되었다. 재현의 더 나은 삶을 위해서라도.

이후 우리는 다시 만나지 못했다.

:

민정을 다시 만난 다음 해에 나는 결혼했다.

민정을 완전히 잊지 못한 것은 아니었지만, 잊기로 했다.

그래야만 했으니깐. 옆에는 내가 지금 가장 사랑하는 사람이 누워 있다. 이 사람을 위해서라도 민정을 잊어야 했다. 아니, 어쩌면 나의 온전한 삶을 위해서라도. 더는 과거에 머물러서는 안 되었다.

"자?"

아내가 물었다.

"아직."

"나 요즘 되게 행복하다?"

"왜?"

"사랑받는 기분이 들어서."

"다행이네."

"당신은 안 그래?"

"나도 행복해. 사랑받는 기분이 들어서."

이별에 관한 인터뷰

1101호의
관찰자

4월 17일 목

오늘도 어제와 같은 양복 차림이다.

손에 들린 검은 봉지는 뭐지? 가로로 담겨 있는 걸 보니 오늘은 삼각김밥 대신 도시락을 사 온 모양이다.

식구는 따로 없는 걸까.

4월 18일 금

역시나 양복 차림.

몇 주째 금요일 밤임에도 곧장 퇴근한다. 역시 애인은 없어 보인다. 다행이다. 내일은 토요일인데 뭐 하려나.

이별에 관한 인터뷰

4월 19일 토

오늘은 나오지 않았다. 일이 고되었나.

내가 저 사람의 피로를 풀어주고 싶다. 어깨를 주물러주고 싶다.

4월 20일 일

오늘도 나오지 않았다.

보고 싶어. 당장이라도 저 사람의 집 안으로 가고 싶다.

생각해보니 밖으로 나가지 않은 지도 벌써 일 년째다. 문밖을 나서기 두렵다.

언젠가는 나가야겠지. 그래야만 그를 만날 수 있을 테니.

4월 21일 월

어? 오늘도 나오지 않았다.

분명 출근을 해야 할 텐데. 열 시가 넘었는데도 현관문이 열리지 않았다.

매일 아침 여덟 시부터 그를 바라봤지만, 오늘처럼 평일에도 나오지 않은 적은 처음이다.

무슨 일이 생긴 건가.

아프기라도 한 걸까.

그저 월차를 낸 거였으면 좋겠다. 불안해진다.

4월 22일 화

오늘도.

무슨 일이 생긴 게 분명하다.

어떡하지. 어떡하면 좋지.

아픈가?

혼자 사는 마당에 도와줄 사람도 없을 텐데.

4월 23일 수

사흘째 집에 불조차 켜지지 않았다.
혹시 잠적해버린 걸까.
나처럼 아무도 모르게?
나조차도 알 수 없게?
정말 그렇다면 실망할 테다.
내가 누군데. 왜 나한테조차 숨기는지.

4월 24일 목

누가 죽여버리기라도 했나.
상상조차 하기 싫다.
제발. 아무 문제도 없다고 사인을 보내줘.
안 되겠다. 내일도 보이지 않는다면 곧장 그의 집으로 갈
테다.
기다려. 곧 갈게. 사랑해.

：

　미칠 듯이 심장이 뛰었다. 오늘도 그는 보이지 않았다. 혹시나 출근 시간이 바뀌었나 싶어 오늘은 아침 여섯 시에 일어나 그의 집을 바라봤다. 나의 애정 어린 시선을 당신을 알까. 알았으면 좋겠는데. 아무튼, 나는 지금 그의 집으로 간다.

　두렵다. 미칠 듯이 두렵다. 바깥으로 나가지 않은 지도 벌써 일 년째다. 하지만 바깥을 향한 두려움이 그가 어떻게 됐을지도 모른다는 불안보다 크지 않았다.

　그는 은둔 생활의 유일한 빛이었다.

　처음 그를 알게 된 건 지난 1월이었다. 그는 코트와 정장을 빼입고서 지하주차장으로 떠났다. 멋진 남자였다. 나의 이상형에 가까웠다. 동시에 비루해진 나와는 달랐다. 집에 처박혀 산 몇 개월 동안 나는 살이 찌고 피부도 엉망이 되어갔다.

　점차 그를 좋아하기 시작했다. 호기심은 호감으로, 호감은 사랑으로, 사랑은 숭배로. 그를 만나고 싶었다. 매일같이 그를 관찰하고 생각하며, 밖으로 나가 그의 손을 잡고 싶은 욕구가 점차 커져만 갔다. 하지만 나는 수없이 마음의 준비만 했을 뿐, 정작 나갈 수 있을 만큼의 용기를 가지지는 못했다.

하지만 이제는 밖으로. 예상보다 이른 만남이기는 하지만, 그를 구할 수만 있다면 바깥이 아수라장이어도 괜찮다. 그는 나의 빛이기에. 나는 그를 사랑하니깐.

혹시 몰라 선반 위에 놓인 장도리를 들고 나섰다. 누군가 공격이라도 하면 곧장 머리라도 내려칠 생각이었다. 그가 죽었다면 그를 죽인 누군가를 찾아내 죽이기 위해서이기도 했고.

평일이라 그런지 복도와 주차장에는 아무도 없었다. 간혹 아이들의 웃음소리가 멀리서 들려오기도 했지만, 누구도 보이지 않았다. 나는 뛰어가듯 그의 집으로 걸음을 옮겼다. 엘리베이터에서 누군가를 마주치기라도 할까 봐 그의 집이 있는 십 층까지 계단으로 올라갔다. 마음이 급해 쉬지도 않고 뛰어 올라갔다.

마침내 그의 집에 도착했다. 장도리를 복도 바닥에 던져두고 문을 두드렸다.

"제발 문 좀 열어봐요. 내가 왔잖아요. 제발요."

역시나 아무 인기척도 없었다. 장도리를 다시 집어 들었다. 이 문을 부숴버리겠다. 그리고 그를 구해내겠다.

있는 힘껏 현관문 손잡이를 내리치려는 찰나였다.

"뭐 하는 거야!"

그였다. 다행이다. 다행이야. 살아 있었구나. 그는 오른손으로 캐리어를 끌고 왔고, 왼손에는 붉은 종이봉투 여러 개를 쥐고 있었다. 여행을 다녀왔구나. 죽은 게 아니었어. 어디 갔다가 이제 온 거야. 걱정했잖아.

이제 당신의 이름을 알 수 있게 되었다. 당신을 안을 수 있었다. 당신과 함께 식사할 수 있었다. 안도의 눈물과 행복의 눈물이 흘러나왔다. 그에게 뛰어갔다.

"이 인간이 지금 미쳤나. 남의 집 문을 왜 부수려고 해."

어떻게 나한테 그리도 모진 말을 할 수 있어. 내가 이렇

이별에 관한 인터뷰

게 당신 눈앞에 왔는데. 당신을 구하려고 굳게 마음먹었는데. 하지만 그가 싫어진 것은 아니었다. 여전히 사랑했다.

당황하는 그를 끌어안았다. 그는 나를 떼어놓으려 했다. 나는 있는 힘껏 그를 붙잡고 놓지 않았다. 하지만 그를 이기기에는 역부족이었다. 나는 바닥으로 내던져졌다. 그는 장도리를 뺏어 저 멀리 던지더니 나를 경계했다.

"거기 경찰서죠. 여기 웬 미친 사람이…"

얼마 지나지 않아 사이렌 소리가 들렸다. 경찰관 두 명이 와 나의 양팔을 붙잡고 차로 연행했다.

어떻게 나를 위협하고 욕을 하면서 경찰을 부를 수가 있어? 나는 당신을 사랑하잖아. 무언가 무너진 기분이 들었다. 하지만 그가 싫어진 건 아니었다. 여전히 그가 사랑스러웠다.

내일 다시 만나러 갈게. 기다려줘. 사랑해.

다시 그를 만나러 갈 것이다.

떡볶이를
먹을
때마다

절대 떨어지지 말자는 말, 기억해?

작년 늦가을쯤이었나. 내 옆에서 걷던 네가 뜬금없이 건
넨 말이었잖아. '지금도 그렇지만, 무슨 일이 있어도 떨어지
지는 말자. 불안해서 하는 말이야.' 그렇게 말했어. 사귀는
사이에 자주 나눌 수 있는, 그래서 진부하지만, 그럼에도 감
동적인 말이지. 너는 어떨지 모르지만, 나는 그 말을 지금까
지도 기억하고 있어. 왜 그런지는 모르겠어. 그냥, 이유도 없
이 기억나.

너도 알겠지만, 그리고 안타깝지만 네가 내게 건넨 그 말
은 결국 지켜지지 않았어. 네가 그 말을 건넨 지 얼마 지나
지 않은 작년 겨울이었지. 크리스마스가 훌쩍 다가온 날이

이별에 관한 인터뷰

었지만 그리 춥지는 않았어. 오히려 햇살은 부드럽고 포근했지. 걷기에 좋은 날이었어. 그날도 우리는 늘 그랬듯 함께 걸었어. 오래도 걸었지. 함께 살던 집에서 광화문까지. 코트만 챙겨 입고 뛰쳐나가듯 밖으로 나섰잖아. 다리가 아프거나 숨이 차지는 않았어. 모든 게 마음에 들었거든. 겨울 아침 종로의 공기, 도로를 달리던 자동차 소리, 하물며 시위대의 시끄러운 구호까지도. 귀에 걸리는 모든 소음은 경쾌한 리듬을 갖춘 것만 같았어. 나는 막 퇴근한 아빠를 맞이한 아이처럼 방방 뛰며 웃었어. 눈웃음이 진하게도 지어져서 가끔 네 얼굴도 보이지 않았어. 너는 그런 나를 보고서 슬쩍 미소 지었지.

나는 그때 뭔가를 느꼈어. 뭐라고 해야 할까. 그건 위화감에 가까웠어. 평소의 너와는 달라 보였거든. 평소 같았으면 방방 뛰는 나를 보고서 너는 허리를 숙이며 웃어댔겠지. 열이면 열, 다르지 않은 반응이었어. 하지만 그날의 미소는 나를 쓰러뜨릴 뻔했어. 무너질 것 같았지. 무서웠어. 그리고 생각했어. 아, 오늘이구나. 오늘이 마지막이겠구나. 이유는 생각하지 않았어. 이유 따위, 알아 봤자 달라지지 않음을 알고 있었으니깐. 그래도 언젠가 끝이 있지 않을까, 하는 막연하고도 두려운 상상은 가끔 해두곤 했어. 그런 일을 바라는 건 아니었지만, 갑작스레 끝을 맞이할 때 다치지 않고 싶었거든. 그렇지만 네가 내게 우리 관계의 종말을 내던졌을 때, 알겠다는 말보다 왜라는 말이 튀어나오더라. 나도 모르게 말이야.

집으로 돌아오는 길이었어. 떡볶이를 만들려고 근처 슈퍼에서 장을 봤잖아. 밀떡이냐 쌀떡이냐, 너의 취향이 밀떡인 걸 알고 있었음에도 으레 거치는 관례처럼 오가던 논쟁에 너는 그리 적극적이지 않았어. 분명 너는 '아무거나'라고 말했어. 어떤 어묵을 사야 국물이 더 깊어질까 하는, 비슷한 유형의 논쟁에서도 마찬가지였지. 그때 확신하게 되었어. 몇 분 남지 않았겠구나, 하는 불안을.

'나 떡볶이 안 먹을 거야.'
그게 우리 사이가 무너지는 순간의 첫마디였어. 맞아. 그리 거창하지는 않았지.

왜 그러냐고 물으니깐 너는 생각지도 못한 대답을 꺼냈어. '매워서'라니. 그러고서 너는 곧장 옷가지 몇 개, 칫솔 하나만 챙겨서 집을 나갔지. 그게 우리 사이의 마지막이었어. 누군가 보면 사뭇 어이없을 상황일 거야. 떡볶이가 맵다고 헤어지다니. 하지만 그 말을 알아들은 나는, 너의 마지막 말을 다음 해 봄까지 곱씹었어. 차츰 균열을 일으킨 일들이 있었는지. 아니면 핵폭탄처럼 단번에 우리 사이를 부숴버린 한 사건이 있었는지. 그래서 단지 맵다는 말 한마디가 왜 우리 사이를 끝내는 문장으로 사용되었을지.

그날도 겨울이었어.

담배를 태우며 입안을 데우고 있었지. 한파가 서울을 덮친 탓에 찬바람이 온몸을 에웠어. 덕분에 발을 동동 구르며 시린 손으로 담뱃불을 붙였어. 왜 그곳에 서 있었는지는 몰라. 집 앞은 아니었고, 근처 교회 맞은편에 있는 주차장이었던 걸로 기억해. 그때 널 처음 만났지. 내 앞을 지나가던 너는 오 분쯤 후 다시 돌아와 내게 후라보노 하나를 건넸어. 그러고는 떠났지. 조그마한 손으로 껌 포장지를 뜯는 모습이 아직도 기억나.

반했나 봐. 네가 내게 다가온 이유만큼이나 영문을 몰랐지만, 아마 너는 담배를 끊으라는 의미로 껌을 내밀었겠지. 하지만 나는 담배를 놓지 않았어. 그 시간에 그 자리에서 담배를 태우다 보면 껌을 건네는 너를 다시 만날 수 있지 않을까 해서. 아니나 다를까 일주일 뒤에 너를 다시 만날 수 있었어. 너는 찡그린 표정으로 껌을 건넸지. 네가 내게 준 표정의 의미와는 다르게 나는 그 모습이 귀여웠어. 다른 사람들처럼 이름이 뭐냐고, 함께 식사하자고 말하지는 않았어. 너도 알다시피 그냥 그렇게, 다시 보냈지. 이번에는 다시 만날 수 있을 거라 확신이 들었거든. 역시나 우리는 다음 날 내 집 앞에서 마주쳤고 얼마 지나지 않아 우리는 함께 먹고 함께 자는 사이가 되었어.

행복했어. 밖에서 나쁜 놈들에게 깨져도, 이유 모를 불안에 몸부림쳐도, 밤의 끝에 껴안을 사람이 있다는 사실에 나는 안심할 수 있었어. 네가 과거에 어떤 사람이었든, 내가 과거에 어떤 사람이었든, 우리는 그런 건 아무렇지 않다고 생각했지. 그저 지금 눈앞에 보이는 서로가 중요했어. 쌀쌀한 겨울밤, 품 안으로 들어올 때 풍겨오는 샴푸 향이 포근했어.

볶음밥을 만들어주겠다며 총총걸음으로 뛰어가던 뒷모습이 귀여웠어. 너로 인해 시선이 꽉 찬 탓에, 그 밖의 것들은 보이지 않았어. 너를 거쳐 간 모든 존재가 아름다웠어. 사랑이라고 생각했어.

언젠가 우리가 짬을 내서 놀이공원에 갔을 적에 말이야, 웬 여자아이가 엄마를 잃어버렸다고, 그래서 우리보고 도와달라고 말했잖아. 그때 그 아이가 꼭 너를 닮았다고 생각했어. 너처럼 당차고 귀여웠거든. 그리고 문득 널 닮은 아이를 갖고 싶다는 생각이 들었어. 앞으로도, 그러니까 앞으로 몇 년이고 너와 함께 살고 싶어졌어. 네가 더 좋아졌어.

하지만 더는 의미 없을 것 같아. 너는 떠났고, 나는 여기, 우리 관계와 우리 기억의 흔적이 되었으니. 앞으로 떡볶이를 먹을 때마다 생각날 것 같아. 잘 지내길 바라.

그리울 거야.

돈

렛미고

"안 가면 안 돼?"

수아가 내게 말했다. 하지만 떠나야만 했다. 아끼는 수아를 두고 서울로.

하필 그 순간에 수아가 있었다. 하지만 수아와의 인연이 떠나려는 나를 막을 수는 없었다. 슬프지 않은 것은 아니었다. 서울은 수아 없는 세상이었고, 더욱이 수아를 제외하고도 아무도 없는 세상이었으니. 오로지 홀로 지내야만 하는 외로운 도시였다.

내심 수아가 나와 함께 떠나기를 바랐다. 하지만 현실은 우리의 동반을 허락하지 않았다.

"여기서 같이 있자. 가지 마."

수아는 필사적으로 나를 붙잡았다. 발목을 붙잡거나 하지는 않았지만, 나를 흔들었다.

"미안."

수아의 눈에서 눈물이 흘렀다. 한 방울, 두 방울. 이윽고 멈추지 않고.

수아를 두고 떠났다.

눈물은 흘리지 않았다. 버스는 빠르게 달렸지만, 여전히 서울에 도착하지 못했다. 서울까지 가는 동안 수아와 보낸 시간을 되감았다.

수아는 나를 아꼈다. 나 또한 수아를 아꼈고. 그러나 사귀지는 않았다. 우리는 지나치게 다르다는 걸 지나치도록 잘 알았으니깐. 누군가는 우리를 보고서 사귀는 사이가 아니냐, 왜 사귀지 않는 거냐 묻곤 했지만, 그럴 때마다 우리는 그저 옅은 미소를 보일 뿐이었다.

하지만 수아와 함께 하는 모든 시간이 좋았다. 수아와 함께 밥을 먹고, 수아와 함께 산책하고. '사귀는 거 빼고는 다 하는 사이'. 사람들은 우리 사이를 그렇게 규정했다.

이제야 말하지만, 나는 오래도록 겪은 불안에 지칠 대로 지쳐 있었다. 여린 정신과 떨려대는 심장. 일찍이 가족을 잃고서 겪게 된 잦은 정신의 죽음은, 누군가를 감당하기에는 나를 약해지게 했다. 그렇기에 수아를 아꼈지만, 수아를 감당할 수는 없었다. 변명처럼 들릴 수도 있을 테다. 하지만 내게는 버거웠다.

수아 또한 이런 나의 상황을 알고 있었다. 유일하게 나를 이해하고 나의 모든 점을 아는 사람. 하지만 감당할 수 없는 사람. 아이러니했다.

수아와는 열일곱 살에 처음 만났다. 별다른 계기는 없었다. 그저 같은 반이었기에 친해질 수 있었다. 하지만 한 가지 달랐던 점은, 우리는 서로를 다른 아이들과는 다르게 여겼다는 점이다. 왜 그랬을까. 마땅한 이유는 없던 것으로 기억한다. 아니, 솔직히 말해 기억나지 않는다. 본디 친한 친구는 서로가 어떻게 친해졌는지 기억하는 경우가 거의 없으니. 그렇다고 사랑에 빠졌다거나 하는 상황과는 결이 달랐다.

그때에도 우리는 늘 함께했다. 함께 급식을 먹고, 함께

야자를 빼먹고. 그즈음에 수아의 엄마를 만나게 되었다. 수아의 엄마는 나를 좋아했다. 이따금 반찬을 싸주기도 했고, 웃으며 칭찬하기도 했다. 덕분에 가끔 수아네 집에서 수아의 가족들과 저녁을 먹기도 했다. 가끔은 수아 엄마의 아들이 된 기분이었다.

좋았다. 가족이 생긴 기분이었다. 늘 혼자였던 내게 새로운 식구가 도착했다. 감사했다.

하지만 수아와의 행복이 영원하지는 않았다. 언젠가부터 수아는 대학에 진학해 몇 명의 애인을 사귀었고, 나는 홀로 남아 수아가 없는 동네에서 달을 바라봤다. 수아가 애인이 생길 때마다 기분이 묘했다. 싫거나 불안하지는 않았지만, 묘했다. 무슨 감정이었을까. 지금 생각해보면 사랑이었나. 하지만 수아는 내가 감당키 어려운 사람이었고, 또한 내게 과분한 사람이었다.

나는 온전치 못한 사람이다. 비관적이고 우울한 사람이다. 하지만 수아는 다르다. 수아는 사랑을 많이도 받고 자란 아이. 밝고 착한 아이였다. 내가 곁에 있으면 수아를 어둡게 물들일지도 몰랐다. 언젠가부터 두려웠다. 수아가 좋았지만, 그렇기에 수아를 망가뜨리게 될까 봐 미치도록 두려웠다. 그렇게 다다른 결론. 수아를 떠나야만 했다.

그래서 떠난다. 수아가 눈에 밟혔지만, 아니 눈에 밟히는 것 이상으로 사무쳤지만, 그럼에도 떠나야만 했다. 더는 버티지 못할 것만 같았으니깐.

수아와 함께였던 이곳을 떠난다. 서글펐다. 하지만 서글퍼도 서글프지 않아야 떠날 수 있다. 가슴 속에서 죽음 같은 슬픔이 피어올라도 묻어두어야 한다.

아마 다시 수아를 만날 일은 없을 테다. 오로지 나의 선택이다. 동시에 이건 수아를 위한 선택이다.

수아, 그동안 고마웠어. 잘 지내.

돈

리브 미

도진이가 떠났다.

몇 번이고 떠나지 말라는 말을 쏟아냈다. 제발 가지 말라고. 여기서 같이 살자고. 하지만 도진이를 붙잡을 수 없었다.

우리가 사귀는 사이였다면 달라졌을까. 도진이가 떠난 뒤로 가끔 생각하곤 했다. 결과가 달라지지는 않았을 테다. 도진이는 몰랐겠지만, 나는 도진이가 떠난 이유를 알고 있었다.

도진이는 어두운 아이였다. 처음 만났을 때부터 지금까지. 한결같았다. 긍정보단 부정으로, 낙관보단 비관으로 칠해진 아이. 나와는 달랐다. 그래서 도진이가 눈에 띄었는지도 모른다. 나와 반대에 서 있던 도진이에게 마음을 주고 싶었다.

처음 도진이에게 말을 걸었을 때를 기억한다. 이름을 물어봤다. 도진이가 기억할지는 모르겠지만, 나는 똑똑히 기억한다. 왜인지는 모르겠다. 도진이였기에 기억할 수 있었는지, 단지 첫 만남이어서 기억할 수 있었는지. 이유가 어찌 됐건 우리는 이후로도 늘 함께했다.

처음에는 우리가 사귄다고 소문이 났다. 내심 싫지는 않았다. 도진이가 좋았다. 하지만 우리는 달랐다. 너무도 달랐다. 앞서 말했듯 도진이와 나는 음지와 양지의 관계처럼 차이가 컸다. 더욱이 도진이는 너무도 불안정했다. 내가 이 아이를 감당할 수 있을지 두려웠다.

가끔은 '우리 사귀자'라는 말이 목구멍까지 차오르기도 했지만, 그때마다 우리 사이의 간극을 생각했다. 사랑했지만 맘 놓고 사랑할 수 없었다. 결국 우리는 평행선을 따라가기만 했다.

대학에 입학하고서 처음으로 애인을 사귀었다. 마냥 좋지는 않았다. 도진이가 자꾸만 눈에 밟혔으니깐. 도진이로 채워진 시간이 점차 그와의 시간으로 채워졌고, 도진이는 홀로 남아 별을 바라봤다.

도진이에게 미안했다. 이 또한 구분하기 어려웠다. 그간 도진이와 쌓아온 시간이 만들어낸 의무적인 미안함이었는지, 아니면 도진이를 그 사람보다 더 좋아했기에 쌓인 미안함이었는지. 그러나 결론에 다다르기에 시간은 그리 많이 필요하지 않았다. 얼마 지나지 않아 그와 헤어졌다. 어려운 선택이 아니었다. 하지만 도진이와 사귀지는 않았다.

도진이가 내게 사귀자는 말 한마디를 먼저 해주길 내심 바랐다. 비겁해 보이겠지만, 도진이가 우리 사이의 모든 책임을 져주길 바랐다. 나는 용기가 없었으니깐. 도진이와 다르게, 사랑만 받고 자란 나는 늘 안정된 관계에서 벗어날 용기가 부족했다.

그래서 오기로 몇 명의 애인을 더 사귀기도 했다. 도진이가 질투하기를 바랐다. 하지만 내가 원하는 바를 이룰 수는 없었다.

아이러니하지. 사귀자는 말을, 사랑한다는 말을 그리 많이도 누군가에게 건넸으면서 정작 도진이에게는 그러지 않았다니.

도진이는 늘 불안해했다. 입 밖으로 꺼내지 않았지만 늘 불안해했다. 도진이가 나의 불행이 될까 두려워했고, 내가 도진이에게 물들게 될까 봐 걱정했다. 나는 도진이의 불안을 알아챈 지 오래였다.

도진이가 언젠가 떠날 거라고, 언젠가부터 예상은 했다. 마음의 준비를 해두고 있었다. 하지만 그 시간이 정말 올 줄은 몰랐다. 준비는 단지 준비에 그치길 바랐다.

처음으로 도진이가 떠나겠다고 내게 말했을 때, 나는 펑펑 울었다. 이대로 도진이가 떠나면 다시 볼 수 없을 게 분명했으니. 떠나지 말라고 며칠을 애원했다.

도진이를 따라 떠나고 싶었다. 하지만 떠날 수 없었다. 아무것도 남겨두지 않은 도진이와 달리 나는 이곳에 남겨둔 것이 많았다. 가족이나 직장 같은. 아무리 말해도 변명처럼 보이겠지만.

결국 도진이는 떠났다. 나는 이곳에 남아 도진이가 없는 삶을 다시 산다.

도진. 그동안 고마웠어.

그래서
당신을
떠나기로 했다

열렬히도 좋아했다. 당신도 알 거다. 모른다면 나는 너무도 서럽다. 하지만 분명히 당신은 알 테다.

나의 울음을 바라보던 당신의 표정을 기억한다. 난처한 모습이었다. 내가 왜 우는지 감도 못 잡던 모양이었으니. 이해한다. 그땐 나조차도 내가 왜 우는지 알 수 없었다. 하지만 이제는 알 것만 같다. 당신 때문에 오래도록 불안했으니. 당신의 말 한마디에 쌓이고 쌓인 불안이 터져버렸다.

"나는 여전히 당신을 사랑해."

그 말이 나를 울렸다. 당신이 생각해도 의아할 테다. 그리도 다정한 말이었는데, 그 말이 나를 울렸다니. 억울할 거라 짐작한다.

나를 사랑한다는 당신의 확인이 나를 두렵게 했다. 여전

이별에 관한 인터뷰

히 당신 때문에 불안한 마음 품고 살까 봐. 당신의 사랑이, 그래서 당신을 사랑하는 내가 미치도록 불안할까 봐. 어쩌면 이기적인 나일지도 모른다. 미안하다.

당신은 나를 불안케 했다. 미안한 말이지만, 당신이 누군가에게 특별히 인기가 많거나 잘생겨서 불안하지는 않았다. 당신과 나는 극히도 평범한 사람이자 극히도 평범한 연애를 했으니깐. 그렇지만 당신은 내게 완벽한 사람이었다. 이것만큼은 확신할 수 있다. 지구상에서 유일하게 사랑하는 사람이었다. 그러면 왜 나는 그리도 당신에게서 죽을 것만 같은 불안을 품었을까?

많이도 좋아했다. 그래서 그만큼 불안했다. 예전에 우리가 처음 다툰 날을 기억한다. 사소한 다툼이었다. 노트북 위에 빈 물컵을 올려두어도 되는지, 하는 의견 차이에서 벌어진 다툼이었다. 나는 별일도 아닌 것처럼 여겼고, 당신은 그 반대였다. 그때 당신이 불쾌해하던 모습을 그 순간 처음으로 봤다. 예감했다. 아, 우리는 지나치게도 다른 사람이었구나. 나와는 맞지 않는 사람이었구나. 이리도 사소한 차이로도 불쾌해하는데, 다른 차이에서는 어떨지 상상되었다. 아마 오해였을 수도 있었을 테다. 그렇지만 오해가 아님을 알게 되는 데는 그리 오랜 시간이 필요하지 않았다.

흔히들 여행 중에 많이도 싸운다며, 여행은 두 사람의 성향 차이가 여실히 드러나는 시간이라고 했다. 그 말이 옳았다. 우리는 크게도 싸웠다. 꽤 오랜 시간 동안 운전하던 나는 그만 예민해져 날이 선 태도로 당신을 대했다. 당신은 그런 내게 굽히는 성격이 아니었다. 피 터지도록 싸웠다. 욕이 오가지는 않았지만, 모진 말들이 오갔다. 그래서는 안 되었지만, 우리는 관계도 없는 과거까지 들춰내며 서로 상처 주기에 급급했다.

내가 먼저 사과했다. 당신을 사랑했으니깐. 나의 자존심으로 당신과 당신을 좋아하는 마음, 그리고 당신을 좋아하는 나를 잃고 싶지 않았으니깐. 당신은 많이도 화가 나 보였고, 받아줄 마음이 없어 보였다. 그래도 화해했다. 애원하듯 사과하니 당신은 그제야 닫혀버린 마음을 다시 열었다. 상처받아도 좋았다. 당신을 내게서 지켜낼 수 있었다.

이후의 작은 다툼들과 큰 싸움에서도 늘 먼저 사과하는

사람은 항상 나였다. 언젠가 느꼈다. 아, 언제나 내가 먼저 사과하는구나. 그런데도 나는 당신을 사랑하는구나. 그래도 당신이 싫지는 않았다. 만일 그랬다면 여기까지 오지도 않았겠지.

친한 친구의 결혼식에 간 날이었다. 역시나 결혼식에는 많은 사람이 모였다. 아는 사람들과 모르는 사람들을 모두 끌어모아 나의 행복을 전시하는 날이니깐. 그중에는 내가 싫어하던 사람도 있었다. 처음에는 친했지만, 시간이 지날수록 서로 다름을 알아채고 멀어진 친구다. 그래서 사이가 좋지 않았다. 아니나 다를까, 그 인간은 나의 치부를 꺼내기 시작했다.

신부를 만난 뒤 밥을 먹던 중이었다. 옆자리에 앉더라. 무슨 염치였는지는 모른다. 그러고는 이런저런 질문을 했다. 그간 어떻게 지냈는지, 결혼은 했는지. 의도가 보이는 호기심. 그러다 사귀는 사람은 있는지 같은 질문에서 시작해 당신의 흉을 보기 시작했다. 그것도 내 앞에서. 나는 바보같이 실실 웃으면서 분위기 해치지 않기에 급급했다. 미친 짓이었다. 집으로 오는 길에 죽어버리고 싶었다. 당신을 지키지 못하다니. 그것도 정말 싫어하는 사람에게서, 아무 말도 하지 않고. 내 의사로.

　며칠을 생각했다. 내가 어쩌다 그랬는지. 결론은 하나였다. 변해버린 성격. 당신도 알잖아. 나는 원래 굽히지 않는다는 걸. 아닌 건 아니다, 싫은 건 싫다고 말하던 사람. 나는 나의 삶을 지키고 나를 지키기 위해서 그렇게 살아왔다는 걸. 그 성격 때문에 우리는 많이도 부딪혔고. 그렇지만 나도 모르게 변했다. 왜 변했는지, 다시 며칠을 더 생각했다.

　역시 당신 때문이었다. 당신에게 맞춘다고 이리저리 비틀어지고 구부러진 내 성격. 처음에는 절대 굽히지 않는 당신을 지키려 먼저 사과하더니, 얼마 가지 않아 아예 처음부터 당신에게 구부러졌잖아. 당신이 좋았기에, 싸우지 않고 헤어지지 않으려고. 당신을 지키지 못해 시작된 고민이 내가 나를 지키지 못했다는 결론으로 마무리되었다.

　하지만 이십 년 하고도 수년간의 관성을 당신으로 인해 완전히 이길 수는 없었다. 그런 내 모습을 누군가는 인지부조화라 정의했다. 점차 원래의 내 모습과 당신을 위한 내 모습 사이의 괴리가 느껴졌다. 처음에는 버틸 만했다. 그러나 당신도 안다. 벌어진 틈은 절대 스스로 좁혀지지 않고 되려 벌어지기만 한다는 사실을. 나는 그런 나의 괴리를 방관했다. 내가 벌어져도, 당신과는 벌어지고 싶지 않았으므로.

꿋꿋이도 참았다. 가끔은 머릿속이 어지러워 구역질이 났다. 무리했다. 하지만 당신과 당신과의 관계를 지키고 싶었다. 지금 생각해보면 억울하다. 나만 노력한 것 같아서. 당신은 능동보다는 수동에 가까운 유형의 사람이라 언제나 내가 주는 이해를 받기만 했다.

불안해졌다. 망가지는 내 모습이 죽어가는 나를 느끼는 것만큼 불안했다. 내가 사라져버릴까 봐 정말이지 불안했다. 당신과 당신과의 관계를 지키려다 내가 나를 지키지 못했다. 그래서 언젠가부터 당신과의 이별을 결심했다.

"나는 여전히 당신을 사랑해."

낙엽을 밟으며 내게 건넨 당신의 그 말. 그 한마디가 간신히 불안 속에서 넘치지 않고 버티던 나를 흘러넘치게 했다. 멈추지도 못하게 눈물이 쏟아졌다. 그때는 왜 울었는지 알아채지 못했지만, 이제는 확실히 안다.

그래서 당신을 떠나기로 했다

어쩌면 나는 아직 어리기에, 이 문제의 해결책을 찾지 못한 것일 수도 있다. 해답이 없는 게 아니라. 그런데 이제 더는 버티지 못하겠다. 해답이 있건 없건 그런 건 이제 신경 쓰고 싶지 않다. 잘 모르겠다. 뭐가 맞는 건지, 뭐가 틀린 건지.

그렇지만 당신을 떠날 거다. 영영 당신을 떠나려고 한다. 나는 아직도 당신을 사랑한다. 아마 일생을 잊지 못하겠지. 그래도, 언젠가 우연히라도 마주치지 말았으면 한다. 부디.

이별에 관한 인터뷰

내가
바보 같고
불안정해도

나를 안아줘.

내가 이렇게나 바보 같고 불안정해도, 나를 붙잡아. 놓지 말아줘. 나는 내가 싫어. 하지만 당신은 싫지 않아서, 당신만큼은 나를 좋아했으면 좋겠다고 생각했어. 당신을 향한 내 사랑의 총량만큼 당신이 나를 좋아해줬으면 했어.

나는 늘 불안했어. 구명조끼 없이 바다를 헤엄치는 기분이었어. 내 몸은 내가 원하는 대로 움직이지 않았어. 나를 대하는 이들에게 미안하게도, 나는 상처도 잘 받고 무척이나 여린 사람이었어.

혼자 밥을 먹었어. 혼자 장을 보고, 혼자 잤어. 자주 울

이별에 관한 인터뷰

었어. 외로워서 울었고 무서워서 울었나 봐. 마음 붙일 곳이 없었거든. 이 도시와 사람들은 내게 눈길을 주지 않았어. 위태로웠지.

한동안 밖으로 나가지도 않았어. 눈을 마주치는 모든 존재가 나를 비웃는 것만 같은 기분 때문에. 어쩌다 재잘대는 웃음소리가 들릴 때면 나의 걸음걸이를 보고서 비웃는 게 아닌가, 하는 생각만 들었어. 피해의식이 심했어.

눈을 뜨면 매일같이 형장으로 끌려가는 기분에 몸서리쳤어. 눈을 감을 때쯤에도 마찬가지였지. 곧 다시 눈을 뜰 테니깐. 어떤 날은 울고 싶어도 눈물이 나오지 않았고, 어떤 날은 울고 싶지 않아도 눈물이 나왔어. 밤이 무서웠어. 밤은 나를 홀로 가두어 마음에 지진을 일으켰어. 나는 나와, 나의 삶을 선글라스를 통해 바라봤어. 지나친 어둠 안에서 고립되었어.

무서운 충동이 늘어만 갔어. 상처는 마를 날이 없었어. 하지만 피가 새어 나와 몸이 데워져도 여전히 추웠어. 선생님은 내게 조심하라 경고했어. 몇 차례 입원을 권했어. 나는 그때마다 정말 입원을 하면 나의 붕괴를 인정하는 것만 같아 온갖 핑계를 대며 거절했어.

어느 날 충동적으로 탈색을 했어. 이러다가 죽어버릴 것 같아서. 뭐라도 달라져야 할 것 같았어. 처음에는 제주도행 비행기를 타려고 했지. 무작정 도망치고 싶었어. 하지만 나는 도망치지 못했어. 비행기에 오를 돈으로 탈색을 했으니. 불과 집을 나서기 한 시간 전까지만 해도 나는 제주도로 도망칠 줄 알았다?

머리가 새하얘질수록 기분이 나아졌어. 이것이 일시적인 반등임을 알았지만, 난 그저 순간의 만족감에 안도하고 싶었어. 역시나 오래가지 않았지만. 얼마 지나지 않아 다시 머리를 검게 물들였어.

나는 술을 잘 마시지 않아. 정말 바보가 되는 기분이니깐. 안타깝게도 머리를 덮은 이후 술에 의존하게 되었어. 나도 잘 알고 있었어. 내가 옳지 않은 길로 밀려나고 있음을. 그렇지만 나는 나를 밀어내는 조류에 저항할 수 있을 만큼 강한 사람이 아니었어. 축축 처져서 잠겨가는 나를 어지러운 취기로라도 일으켜 세우고 싶었어. 술이 아니라면, 아무도 나를 일으켜 세울 사람이 없었으니깐. 설령 정말 바보가 되어도 말이야. 그런 생각이 들었어.

기분 좋더라. 오랜만에 느끼는 순수한 기쁨이었어. 실실 웃으면서 텅 빈 도로를 뛰어다녔어. 평소 같았으면 하지도 않았을 행동들을 거리낌 없이 해댔어. 새벽 공기를 마시려고 맨발로 뛰쳐나가고, 아무에게나 사랑한다고 지껄이며 낄낄대기도 했어.

하지만 이 모든 기쁨은 거짓이었지. 이를 깨닫기까지는 정말 얼마 걸리지 않았어.

오랜만에 취하지 않은 밤이었어. 나는 죽으려고 했어. 결국, 죽지 못했지만.

언젠가 다시 죽음을 갈망하겠지. 하지만 두렵지 않았어. 이건 내가 원해서 내린 결정이었으니깐. 하지만 죽는 게 싫지 않았어도 우울은 싫었어.

그래서 매일 산책을 했어. 날이 춥건 덥건 무작정 밖으로 나섰어. 이어폰을 꽂고 터벅터벅 걸었어. 처음에는 집 근처를

서성이다 언젠가부터 대로변까지 걸었어. 항생제처럼 내성이 생겨버린 건지, 나의 우울은 점점 더 많은 걸음을 원했으니깐. 몸은 힘들었지만 마음은 점차 환해졌어. 여전히 위태로운 밤과는 달리, 적어도 해가 뜬 동안은 슬프지 않았어.

그런 일상에서 당신을 만났어. 술을 끊으려고 마시게 된 커피를 사기 위해 언젠가 처음 들른 카페였어.

나와는 다른 사람 같았어. 동경했나 봐. 마음에 들었어. 자꾸만 당신을 눈에 담고 싶었어. 잘 보이고 싶었어. 가식 없이 순수한 미소를 보여주고 싶었어. 다시 단정히 옷을 입기 시작했어. 나의 우울을 들키지 않기 위해, 적어도 산책할 때면 좋은 생각만 하려 했어. 당신 덕분에 더 나은 사람이 되어가는 것 같았어.

당신에게 아직 제대로 된 말조차 붙이지 못했지만, 당신에게 나와, 나의 일상을 알리고 싶었어. 나의 불안과 슬픔, 무너져가는 것들에 대해 말하고 싶었어. 하지만 그 말을 건네면 당신이 나를 꺼릴 것을 알았고, 그 때문에 다시 불안해졌기에 나는 벌어지던 입술을 마구 때렸어.

그래서 이렇게 틈틈이, 당신에게 하고픈 말을 몰래 쓰고 있어. 아마 전하지 못하겠지. 어쩌면 전하지 못할 테니 이리도 솔직해지나 봐. 하지만 단지 나는 당신에게 이런 나에 관해 말하고 싶었어. 언젠가 나의 말을 전할 기회가 있을 수도 있겠지. 그랬으면 좋겠어.

고마워. 당신이 나를 구했어. 당신의 미소가, 당신의 긍정이 나를 살렸어. 이제는 아주 가끔만 슬퍼지려고 해. 넘치는 충동을 참아보려 해. 당신이 나를 꺼리지 않았으면 좋겠거든. 그러니 언젠가 당신에게 제대로 된 말 한마디 걸어보고 싶어. 이제는 나를 사랑하기로 했어. 당신에게 건네고 싶은 말이 많아.

나를 조심히 다뤄줘. 나를 안아줘. 나를 사랑해줘. 아직 건네지 못한 말이지만, 언젠가는 건강한 모습으로 건네고 싶어. 부디 좋아했으면 해.

경성 연애

볕이 따가운 점심시간이었다.

선빈이에게서 문자 한 통이 왔다. 지금 만나자. 만나서 할 얘기가 있어. 좋지 않은 예감이 들었다. 체육관 뒤편으로 달려갔다.

"그만하자."

건조한 표정이었다.

"그게 맞는 것 같아. 그게 맞아. 그만하자."

바람이 불었다. 나부끼는 나뭇잎들이 서로를 때렸다. 구름에 해가 가려 그늘이 졌다.

"선빈아."

"…"

"그러지 마, 선빈아."

선빈이는 고개를 푹 숙인 채 아무 말도 하지 않았다. 아니, 하지 못했다.

"우리가 잘못하지도 않았는데 왜 헤어져야 해? 이성적으로 판단해."

"이성? 너는 이게 지금 이성적인 판단이 가능하다고 생각해? 별 거지 같은 새끼들이 우리를 가지고 놀고 있어. 우리 기분이 어떻든, 우리가 어떤 표정을 짓든 그 새끼들은 지금도 우리를 욕하고 있다고. 잠깐 화장실에 다녀왔는데 책에 웬 쓰레기 같은 낙서가 그려져 있었어. 잠이라도 자려고 엎드려 있으면 개들은 내가 들으라는 듯이 우릴 욕하면서 낄낄댄다고. 재밌나 봐. 더군다나 선생님들도 나를 이상하게 쳐다봐. 그런데도 이성? 너는 그게 지금 가능하다고 생각해?"

"…"

"더는 못 버티겠어."

선빈이는 고개를 치켜들고 나를 바라봤다. 금방이라도 울 것처럼 격앙된 표정이었다. 선빈이의 몸이 떨리고 있었다. 어린 선빈. 악에 받쳐 있었다. 이런 식으로 선빈이를 떠나보내고 싶지 않았다.

"도망가자."

선빈이의 손을 붙잡고 무작정 교문 밖으로 걸어갔다. 가는 길에 같은 반 아이들 몇 명과 마주쳤다. 저 아이들은 교실에 돌아가는 대로 우리 얘기를 하겠지. 그딴 건 더는 아무래도 상관없었다. 도망이 최선이었다. 더는 선빈이가 고통받게 둘 수 없었다, 선빈이가 우리를 혐오하는 사람들과 온종일 부대끼며 살아가게 할 수는 없었다. 선빈이는 아무 말도 하지 않고 그저 내가 이끄는 대로 걸었다.

선빈이가 내 손을 꽉 움켜쥐었다. 놓지 않겠다는 듯이.

:

선빈이를 교회 수련회에서 처음 만났다.

춤을 추고 싶지 않았고 노래 부르고 싶지도 않았다. 밤마다 회개를 이유로 분위기에 휩쓸려, 말하고 싶지 않은 작은 잘못을 어린애처럼 울며 토해내기도 싫었다. 그곳의 밤은 분명 지나치게 광적이었다. 너무 흥분하여 미친 듯이 날뛰는. 그렇다고 수련회에 가지 않으면 새로운 여름이 올 때까지 집에서든 교회에서든 죄인 취급을 받을 것이 분명했기에 참석

이별에 관한 인터뷰

할 수밖에 없었다. 내게 수련회는 면죄부였다.

태어나 처음 본 사람들과 한 식탁에 바특하게 모여 있자니 삼켰던 밥이 입 밖으로 튀어나오는 기분이었다. 나는 숟가락을 식판에 세워 이리저리 돌리다 시선을 이리저리 옮겨댔다. 기껏해야 초등학생쯤으로 보이는 한 아이가 식판에 얼굴을 박고 있었다. 뭐가 그리도 맛있을까. 나는 그 아이를 계속 쳐다봤다. 누군가가 나를 응시하기 전까지.

짙은 갈색 머리에 눈이 큰 아이가 나를 쳐다보고 있었다. 열정적인 수련회 일정에도 지친 기색이 보이지 않았다. 하얀 피부에 젖살이 빠지지 않은 얼굴이 내심 귀여웠다. 기껏해야 내 또래이려나. 그 애는 나와 눈이 마주치더니 두 눈을 크게 뜨고 입꼬리가 볼살을 뚫을 만큼 높이 올려 미소 지었다.

"내 이름은 김선빈. 너는?"

식당을 나선 뒤 선빈이의 손을 잡고 바다로 뛰어갔다. 어색한 분위기를 넘어서려 띄엄띄엄 오가는 대화. 알고 보니 우리는 같은 학교에 다니고 있었고, 같은 학년이었다.

그날이 우리가 첫눈에 서로를 사랑하게 된 첫날이었다.

:

    첫사랑이었다. 선빈과 함께 겪는 모든 일에는 처음이라는 의미가 붙었다. 첫 키스, 첫 데이트, 첫 연애. 꼭 처음 겪는 일이 아니더라도 처음 겪는 일처럼 느껴졌다. 사람들이 증언하고 영화에서 보았듯 사랑은 설레었으니깐. 마음이 풍선처럼 떠올랐고, 때마침 하늘에서는 꽃잎이 눈발처럼 흩날렸다.

    학교에서도 수시로 선빈이를 찾았다. 쉬는 시간이 되면 선빈이가 있는 곳으로 달렸다. 내가 가지 않으면 선빈이가 내게로 달려왔다. 사람이 다니지 않던 체육관 뒤편에서는 앞뒤를 살피다 덥석 손을 잡았고, 사람이 많은 곳에서는 귓속말하는 척하며 손으로 가린 귀에다 입을 맞췄다. 사귄 지 한 달이 되었을 무렵에는 동성로에서 적당한 가격의 커플링을 맞췄다. 우리는 학교에서 각자의 커플링을 툭툭 건드리고는 소리 없이 얼굴을 찡그리며 시시덕거렸다. 설렘과 긴장을 오가는 감정들. 우리는 학교 안에서의 스릴을 즐겼다.

    일요일 한낮이었다. 공원 벤치에 앉아 선빈이의 얼굴을

바라봤다. 남들의 눈길을 개의치 않고 선빈이의 손을 잡고 싶다는 생각이 들었다. 선빈이는 산책 나온 강아지들 구경에 정신이 팔려 있었다. 내 손을 선빈이 손으로 몰래 조금씩 옮겼다. 선빈이의 손에 막 닿을 때쯤 선빈이가 고개를 돌려 나를 바라봤다. 나도 모르게 손이 움츠러들었다.

우리의 사랑은 자연스럽게 태어났지만, 태어난 순간부터 자연스럽지 않은 성장을 겪는다. 당위성 없는 사랑. 아니, 사랑이 아닌 사랑. 냉정히 생각했을 때, 그것이 남들이 바라볼 우리였다. 특정 다수의 불쾌감을 감내해야 했다. 그러니 쉬이 밖에서 손을 잡지 못했다. 나는 괜찮다고 했어도, 선빈이가 누군가의 혐오를 받아내야 한다는 상상을 하고 싶지 않았다. 모욕을 겪고, 눈치를 살피고, 불안에 떨고. 내가 아는 선빈이는 많이도 웃는 아이였기에, 이 아이에게서 웃음을 빼앗고 싶지 않았다.

"나 사랑하지."

강아지를 바라보다 내게로 고개를 돌린 선빈이가 물었다. 강아지를 보던 눈빛과 나를 보던 눈빛이 크게 다르지 않았다. 오히려 더 보드라웠다. 세상에는 무서운 눈빛들이 널려 있었지만, 선빈이의 눈빛만큼은 안심할 수 있었다.

"사랑하지. 확신해."

그 말을 들은 선빈이는 웃음을 주체하지 못하고 내 가슴에 고개를 파묻었다. 귀여웠다. 이런 아이를 사랑하지 않는다면 누구를 사랑할 수 있을까. 사랑을 말하며 선빈이를 미소 짓게 하는 일. 그리고 그 미소를 보는 일. 그것이 내가 가질 수 있는 가장 감사한 일이었다.

하지만 늘 그렇듯 행복은 오래가지 않았다. 소문이 퍼졌다.

소문은 연기보다 빠르게 퍼졌다. 특정할 수 없는 누군가가 퍼뜨린 4층의 소문은 점심시간이 되기도 전에 1층까지 퍼졌다. 나의 이름과 선빈이의 이름이, 혹은 '역겨운 새끼들' 같은 단어들이 심심찮게 들렸다.

도저히 움직일 수가 없었다. 온몸이 굳어버린 기분이었다. 고개를 돌리는 것조차 쉽지 않았다. 고개를 돌리면 온갖 비난과 조롱이 다양한 아이들의 입을 타고 달려들었다. 아이들의 시선은 총알이 되어 등과 뒤통수에 박혔다. 선빈이는 온종일 보이지 않았다.

선빈이도 나와 같은 시선을 받아내고 있겠지. 어떡하지.

이별에 관한 인터뷰

주저하지 않고 선빈이가 있는 교실로 달려갔다. 선빈이가 보였다. 아무 표정도 짓지 않고 있었다. 가만히 아이들을 바라봤다. 그러다 반 뒤편으로 걸어 나왔다. 나와 눈이 마주쳤다. 선빈이에게 다가갔다. 선빈이는 나를 지나쳐 모퉁이 너머로 사라졌다. 차마 따라갈 수 없었다.

그날 이후에도 소문은 단순히 퍼질 뿐만 아니라 동시에 불어났다. 입에서 입으로 옮겨가며 살을 붙이고, 나와 선빈이를 향한 시선은 점차 날이 세워졌다. 점심시간마다 5층 화장실에서 문 잠그고 뭘 하니, 본 적 없어서 그런데 그런 새끼들은 그런 걸 어떻게 하니. 비위 상하니깐 죽었으면 좋겠다느니. 성별과 나이를 따지지 않고 아이들은 정제되지 않은 조롱과 의문들을 그대로 표출했다. 동조하지 않거나, 그러지 말라며 한 마디씩 던지는 아이들도 몇 있었지만 달라지는 건 없었다. 언젠가는 교과서와 책상에 모욕적인 낙서가 그려져 있었고, 나를 빼놓은 반 단체 대화방이 만들어져 있었다. 숨을 쉬듯 나를 향한 비난을 느낄 수 있었다. 선빈이도 마찬가지겠지.

수백 개의 쓰라린 시선, 좁은 등을 멍들게 하는 수백 가지 색의 비난. 학교 안의 아이들은 우리를 향한 탄압 앞에서 얼굴이 구분되지 않았다. 우리는 뭍으로 밀려난 물고기였다. 헐떡이는 우리는 서로의 눈길을 물속에서의 숨처럼 갈구했다. 움직이기 힘들 만큼 몸이 무거웠다. 도움을 청할 수도 없었다. 사랑하는 사람이 있다는 사실을 알았지만, 동시에 그 사람이 핍박받고 있다는 사실에 좌절했다.

우리는 서로를 지킬 수 없었다. 우리는 살기 위해 서로를 피했다. 최선이었다. 무기력하고 비참한 일상. 그러나 그럴수록 우리는 서로를 바랐다. 마침내 밖에서 서로를 마주하면, 우리는 말없이 서로를 놓지 않았다. 우리가 원하는 건 그뿐이었다.

그럼에도 균열은 생겨났다. 입을 맞추며 갈라지는 마음을 붙여보려 노력했지만, 낮의 멸시는 우리를 기어이 갈라놓았다. 우리는 지쳐만 갔고, 교실에서 품어버린 불안과 스트레스는 교문 밖에서 서로를 향한 모진 말이 되었다. 별것도 아닌 일로 삐걱대고, 인상 쓰는 날이 잦아졌다. 그것이 틀린 줄 알면서도 고칠 수는 없었다.

이별에 관한 인터뷰

"도망치자."

선빈이를 지키고 싶었다. 적금을 깨 무작정 시외버스를 타고 도망쳤다. 하지만 행복했다. 더는 그놈들의 멸시를 감당하지 않아도 되었으니깐.

"결혼할래?"

학교를 떠나고 며칠 뒤 선빈이가 속삭이듯 말했다. 그러면서 천장을 보며 누워 있던 나를 껴안았다. 불이 꺼진 방에서 막 잠이 들려던 순간이었다.

"결혼?"

"응. 결혼."

"갑자기 무슨 결혼이야. 우리 아직 열아홉밖에 안 됐어."

나는 엄지손가락으로 선빈이의 손등을 문지르며 웃었다.

"지금 말고. 나중에."

아무 말 하지 않고 가만히 있었다. 낡은 선풍기가 회전하며 틱틱거렸다.

"어른이 되면. 어른이 되면 결혼하자는 거야. 일도 하고 돈도 벌어서 우리 둘이 살자."

사랑. 선빈이는 나를 사랑하고 있다. 나도 선빈이를 사랑한다. 선빈이의 살갗이 느껴졌다. 열대야였지만 선빈이의 온기가 좋았다. 선빈이를 꼭 껴안았다. 선빈이가 사라질까 봐, 그때처럼 누군가 우리를 갈라놓으려 할까 봐. 선빈이의 따듯한 숨에 잠이 몰려왔다.

"그래. 결혼하자."

잠이 들기 전에 선빈이의 물음에 대답했다. 지금이 아니면 대답할 수 없을 것 같은 불안감이 느껴졌다.

"어른이 되면, 결혼하자. 결혼해서 행복하게 살자."

:

기차가 달려온다. 경찰이 쫓아온다.

아빠가 실종신고를 했다. 전화가 왔다. 너 지금 어디냐고. 일탈은 그쯤 하면 됐으니 이만 돌아오라고. 당연히 돌아가고 싶지 않았다. 돌아가는 순간 우리는 죽을 테니깐. 우리는 끝날 테니깐.

성주의 한 여관이었다. 눈을 뜬 지 얼마 되지 않았을 때 누군가 문을 두드렸다. 그러면서 우리의 이름을 부르며 거기 있는지 물었다. 실종신고를 받은 경찰임을 확신할 수 있었다. 선빈이의 손을 잡고 무작정 도망쳤다. 태어나서 가장 빠른 속도로 달렸다. 선빈이나 나나 숨을 헐떡였다. 하지만 멈추지 않았다. 이대로 멈추면 끝난다는 사실을 우리 모두 알았으니깐. 그러다 기찻길에 다다랐다. 기차가 달려온다. 경찰이 쫓아온다.

우리는 철로 위에 섰다. 서로의 손을 잡고 서로의 눈을 바라봤다. 서로를 꼭 안았다. 기차가 달려온다. 경찰이 쫓아온다.

선의의
거짓말

지금 생각해보면 내가 어떻게 그랬나 싶다.

처음부터 효주가 눈에 띄었다. 효주는 회사 근처 마트의 캐셔였다. 몇 번 마주치지는 못했다. 효주의 근무 시간대가 나의 퇴근 시간과 겹치지 않았던 건지 나는 효주를 몇 번 보지 못했다. 그래서 더 그랬던 것이려나.

언젠가부터 눈에 밟히던 효주를 좋아하게 되었다. 지금에 와서 효주가 물을 때면 항상 예뻐서 좋아했다고 답하지만, 그때는 열심히 일하는 모습에 끌렸다. 작은 손으로 꾸깃꾸깃한 지폐를 펴고, 상냥한 미소로 고객을 대하는 모습. 별다를 것 없는 서비스직의 모습이었지만, 나는 그 모습에 반했다.

숙맥은 대책도 없었다. 무턱대고 다가갔다. 안녕하세요. 그게 내가 효주에게 처음 나의 존재를 알린 말이었다.

"찾으시는 거 있으세요?"

효주는 무언가를 찾는 고객을 대하듯 대수롭지 않은 반응을 보였다. 하기야, 하루에도 몇십 번씩 비슷한 유형의 인사를 받을 터였으니. 하지만 나는 굴하지 않았다.

"어… 그러니까, 그쪽 번호요."

"네?"

"효주 씨 번호 찾고 있어요."

멍청하고 재미도 없는 대사였다. 당연하게도 효주는 미칠 듯이 당황스러운 표정을 지었다. 당황스럽기만 했을까. 웬 덩치 큰 양복쟁이가 뜬금없이 번호를 물으니 강압적으로 취조당하는 기분이지 않았을까. 훗날 효주는 근 일 년 중 가장 두렵고 당황스러웠던 순간이었다고 말했다. 그렇게 보이지는 않았을 테지만 나 또한 조심스러웠다. 덩치고 인상이고 누군가에게 다가가기에 적합하지는 않았으니깐. 하지만 그 모든 부정적 상황을 극복해서라도 효주와 가까워지고 싶었다. 떨리는 목소리의 중심을 잡으려고 온 신경을 집중했고, 마찬가지로 떨려대는 손을 들키지 않으려 노력했다.

"죄송합니다."

역시나 거절. 효주는 고개 숙여 사과하고는 저 귀퉁이로 사라졌다. 나는 지켜볼 수밖에 없었다.

효주를 기다렸다. 포기하지 않고 마트 밖에서 퇴근하는 효주를 기다렸다. 지금 생각하면 아찔하다. 자칫하다간 스토커가 될 수도 있었다. 하지만 그때는 그런 걱정 따위 중요하지 않았다.

"왜 이러시는데요."

스토커가 되는 결말인가. 경상도 사투리가 섞인 불만은 더욱 무섭게 들렸다. 효주는 당황하지 않은 채 화를 냈다.

"효주 씨가 좋아서요."

"제가 좋다고요?"

이번에도 당황하는 효주.

"네, 좋아해요, 효주 씨."

"제 이름은 어떻게 아시는 건데요."

"명찰…."

"됐고, 찾아오지 마세요."

이렇게 끝나는 건가. 그때 무언가 효주의 가방에서 떨어

이별에 관한 인터뷰

졌다. 영수증이었다.

"저도 좋아해요. 패러글라이딩."

되돌아 걸음을 서두르던 효주가 멈춰 섰다. 그러고서는 뒤돌아 나를 바라봤다. 효주의 표정에는 두 가지 의미가 담겨 있었다. 하나는 저 새끼가 어떻게 내가 패러글라이딩을 좋아하는 줄 알고 있지 하는 당황이었고, 나머지 하나는 패러글라이딩처럼 생소한 취미를 좋아하는 사람을 만났을 때 볼 수 있는 반가움이었다.

"패러글라이딩 좋아하시죠?"

"네, 좋아해요. 근데 제가 그거 좋아하는지는 어떻게 아세요?"

"봤어요. 방금 효주 씨 가방에서 떨어진 책자…"

효주는 가방을 뒤지더니 내가 들고 있던 책자로 시선을 올렸다. A 패러글라이딩 센터. 그곳에서 발행된 책자였다.

내가 패러글라이딩을 좋아하냐고? 당연히 거짓말이었다. 나는 고소공포증 때문에 육교조차도 잰걸음으로 걷는 사람이었다. 하지만 효주를 붙잡아야만 했으니깐. 고소공포증 따위 중요하지 않았다.

효주는 호기심 어린 눈빛으로 내게 다가왔다.

"진짜 좋아하세요? 악취미라 좋아하는 사람 별로 없던데. 무섭잖아요."

"좋아해요. 저 패러… 그거 자주 타요. 재밌잖아요."

대충 얼버무렸다. 이후에도 여러 질문을 받았다. 탄 지는 몇 년 됐는지, 가장 좋아하는 사이트는 어디인지 같은. 반가워서인지 효주는 많은 질문을 내게 쏟아냈다. 거짓말로 답하느라 진땀을 뺐지만, 효주의 관심을 끌고 경계심을 누그러뜨릴 수 있어서 다행이라고 생각했다.

덕분에 효주의 번호를 받을 수 있었다. 언제 한번 같이 타러 가자고 약속까지 얻어냈다. 그날 패러글라이딩의 신께 밤새 감사 기도를 올렸다.

며칠 뒤 서울 근처의 한 패러글라이딩 사이트로 함께 떠났다. 산을 오르며 효주에 대해 많은 사실을 알 수 있었다. 몇 살인지, 캐서 일은 어떤지, 왜 패러글라이딩이 취미인지 같은. 효주도 나에 대해 많은 사실을 알 수 있었다. 우리는 동갑이었고, 효주는 취업 준비생이었으며, 취업 준비보다는 패러글라이딩을 위해 돈을 벌고 있다고 했다. 그 와중에 말실수하지 않으려 정신을 바짝 차렸다. 첫 면접을 볼 때보다 더.

무서웠다. 미치도록 무서웠다. 도망칠까, 하는 생각을 수십 번도 했다. 그렇지만 선택은 간단했다. 도망치느냐, 효주와 함께 있느냐.

분명 푸른 하늘이었다. 하늘을 날자마자 노래졌지만. 나는 땅에 발이 닿지 않는 경험을 난생처음 겪었고, 공황에 빠졌다. 발을 이리저리 버둥거려도 뒤에 자리 잡은 강사는 그만 움직이라고 말할 뿐, 상황은 달라지지 않았다.

그때 효주가 보였다. 효주는 웃으며 하늘을 바라보고 있었다. 버둥거리며 상기된 표정을 짓고 있는 나의 존재조차 아랑곳하지 않은 채. 행복해 보였다. 마트에서 손님들을 상대할 때 나오는 미소와는 차원이 다른 미소. 순수한 행복에서 나온 웃음이었다.

그때 결심했다. 효주가 나를 바라보며 웃어줬으면 좋겠다고. 서비스직의 의무에서 나온 미소가 아닌, 지금처럼 순수한 효주의 미소를 보고 싶다고. 효주를 사랑하게 되었다.

"실은 거짓말인 거 알고 있었어. 무서워하는 게 보였으니깐. 그만큼 좋아하나 싶어서 속아 넘어가준 거지."

부끄러운 말이지만 며칠 전 효주가 그때를 회상하며 말했다.

효주는 서툴고 아둔한 내게 미소를 주었다. 착한 아이였다. 평생 효주의 미소를 지키기로 다짐했다.

이별에 관한 인터뷰

우울의
도중,
당신에게

이건 당신을 향한 마음을 쓴 편지다. 동시에 나의 고백이다.

외할머니의 장례식을 마친 다음 날이었다. 책상에 낙서
가 그려져 있었다. 모욕적이고 조롱 섞인 말과 그림. 그대로
옆에 있던 창문 밖으로 뛰어내리고 싶었다. 고개를 함부로
돌릴 수조차 없었다. 고개를 돌리면 나의 표정을 보고서 낄
낄댈 놈들의 얼굴이 보일 테니. 모멸감. 그 순간 내가 느낀
감정을 최대한 적확히 표현하는 단어다.

이후에도 여러 일이 있었다. 나를 괴롭히던 몇몇 아이들
은 그들의 주도하에 나를 제외한 단체 대화방을 파, 여러 공
지를 존재조차 알 수 없도록 했고, 몇몇은 내가 있든 없든
상관치 않고 나를 비난해댔다. 욕을 하거나 비하하거나. 나
를 돕던 몇몇을 제외하고선 모두 내게 사탄처럼 보였다.

그 아이들은 영악하고 야비했다. 아이들은 겉으로 화목한 분위기를 내세우며 아무 문제도 없는 듯이 행동했다. 하지만 교실은 썩을 대로 썩어 있었다.

시작은 그저 내가 마음에 들지 않는다는 이유에서였다. 나는 이유를 이해하지 못한 채로 그들의 폭격을 감당해야만 했다. 감정이 너덜너덜해졌다. 온갖 외로움과 자괴감에 절여진 채로 하교했다. 달을 바라보면 숨통이 트이는 기분이 들었다.

새벽이 싫었다. 일요일이 싫었다. 다시 눈을 떠야만 했으니. 나를 괴롭히던 그들의 모욕을 마주해야만 했으니. 트인 숨통은 다시 옥죄어졌다. 납처럼 무거운 우울감을 품을 수 있었다.

괜한 피해의식은 아니었다. 하지만 피해의식이 생겨나기엔 충분했다.

제대로 걸을 수 없었다. 늘 고개를 숙이고서 걸었다. 고개를 들면 내 앞의 모두가 나를 보고서 비웃는다는 불안이 돋았다. 뒷사람들이 나의 걸음걸이를 보고서 욕을 하는 것만 같았다. 모두가 나의 적이었다.

이겨낼 수 없었다. 이겨내려 발버둥 쳤지만, 이겨낼 수 없었다.

가족으로도 위로받을 수 없었다. 내게 가족은 현관문 밖에서의 외로움을 연장하는 사람들이었다. 어쩌다 가족 중 한 명과 싸울 때면, 나머지 사람들은 모두 나의 반대편에 서 있었다. 언제나 변함없이. 내게 말하길, 나만 참으면 모두가 행복하다고. 그들은 서로를 두둔했고, 자신들만의 작은 카르텔을 만들었다. 그들은 지나치게 감정적이었고, 매번 나를 몰아세웠다.

울며, 악을 쓰며 토해냈다. 안팎으로 나의 편은 없다고. 모두가 나를 죽이려 든다고. 최악의 시간과 최악의 감정, 최악의 어떤 것들. 외로웠다. 몹시도.

그때부터였다. 나는 수년간 나를 죽이려 드는 불안과 우울에 맞서야만 했다.

골든타임은 이미 지나 있었다. 초기 대응을 생각하는 건 희망 고문이었다. 타인의 선입견에 결국 병원 치료를 받지 못했다. 그로 인한 수많은 위기. 의욕이 사라졌고 죽으려 했다. 죽음은 구원처럼 다가왔다.

어두운 노래를 듣고 어두운 글을 썼다. 하루의 끝을 비참한 기분으로 마무리했다. 자존감은 더는 내 삶의 고려 대상이 아니었다. 자존감을 지킬 여력 따위 없었다. 내가 사라졌으면 좋겠다고 매일 생각했다. 그리고 언젠가 사라질 거라 다짐했다.

아무도 나의 편을 들어주지 않았다. 앞서 말했듯이, 안팎으로 모두 나의 편은 없었다.

싸우기 싫었다. 욕하기도 싫고 인상 쓰고 싶지도 않았다. 하지만 안타깝게도, 나를 가만히 두는 이는 그리 많지 않았다. 많은 이들이 내 발을 걸었고 딴지를 걸었다.

상처를 내고 비관을 가까이했다. 쉽게 말해 나의 정신과 뇌는 이미 망가질 대로 망가져 있었다.

영영 도망치고 싶었다.

그로부터 수년이 지났다. 나는 여전히 그날에서 벗어나

지 못했다. 밤마다 깊은 자기연민에 몸서리쳤고, 무수한 죽음의 유혹을 감내했다.

처음 병원에 갔다. 내가 잘못되지 않았음을 알게 되었다. 하지만 그게 전부였다. 가족들의 대우나 환경의 변화는 먼 도시의 이야기였으니깐. 여전히 나만 참으면 된다는 말을 들었고, 여전히 누군가의 비난과 편견을 대면해야 했다. 그것의 출처는 친구이거나, 가족이거나, 일로 만난 사이의 누군가였다. 의지할 존재는 존재하지 않았다.

그럴 때마다 네가 있어 다행이라고 생각했다. 너는 유일하게 나의 안부를 물어봐주고, 나의 생채기에 약을 발라주던 사람이었다. 너의 존재가 고마웠다. 너를 놓치고 싶지 않았다.

너의 머리 냄새를 좋아했다. 긴 머리칼을 부드러이 쥐고서 샴푸 향을 느낄 때면 안도감이 들었다. 포옹하며 숨을 크게 들이쉬었고, 길게 자란 머리카락을 간질이듯 만졌다. 그 순간에는 아는 사람이 도사리던 나의 동네에 있어도 더는 불안하지 않았다. 너의 샴푸 향이 숨구멍을 넘어올 때면

이별에 관한 인터뷰

늘 안심할 수 있었다. 매섭게 달리는 자동차들의 소음과 사람들의 비아냥이 들리지 않았다. 경계가 심한 내가 유일하게 경계심을 잊을 수 있는 순간이었다.

그러면서 생각했다. 이곳에 우리 둘만 있으면 좋겠다고. 흔한 표현이지만, 돈을 비롯한 물질적인 존재 따위, 너의 앞에서는 길바닥 돌멩이와 다를 바가 없다고 생각했다. 사랑을 느끼는 많은 이들이 그렇듯, 나 또한 절대적인 행복의 존재를 확신할 수 있게 되었다. 바로 말해, 사랑하던 순간의 내게 너는 눈앞에서 확인할 수 있는 유일한 우주였다.

너를 집 앞까지 데려다주고 하루를 마무리하듯 너를 품에 안을 때면 네가 되고 싶은 욕구를 느꼈다. 처음엔 너를 알고 싶었고, 그다음 날에는 너와 똑같은 감정을 품고 싶었다. 나는 그것도 모자랐던지 결국 네가 되고 싶었다. 나는 너의 목소리와 감정, 손톱과 립스틱 자국, 푸른빛이 도는 머리카락까지 모두 품고 싶었다.

너는 내가 의존할 수 있는 유일한 존재였다.

가끔은 너무 과하지 않은가 싶을 만큼 의지했다. 하지만 곧 거리를 두었다. 이러다 네가 떠날까 봐. 두려웠다. 하지만 네가 싫어진 것은 아니었다. 여전히 사랑했다. 그동안 알았고, 알고 있는 모든 존재보다 훨씬 사랑했다.

하지만, 이제는 너를 안을 수 없다. 우리는 헤어졌고, 스물둘의 우리는 스물넷이 되었다. 나는 이곳에서 저곳으로 떠났다. 너의 소재를 이제는 알 수 없게 되었다. 연락조차 닿지 않았고, 마음조차 닿지 못한다.

여전히 고맙다. 네가 있어 안심할 수 있었고, 스물둘의 하루들을 살아갈 수 있었다. 잘 지내기를 바란다. 나는 여기서 너의 행운을 빈다.

이별에 관한 인터뷰